共和国故事

气象尖兵

——中国成功发射系列气象卫星

王金锋 编写

吉林出版集团股份有限公司

图书在版编目（CIP）数据

气象尖兵：中国成功发射系列气象卫星/王金锋编. — 长春：吉林出版集团股份有限公司，2009.12

（共和国故事）

ISBN 978-7-5463-1847-9

Ⅰ．①气… Ⅱ．①王… Ⅲ．①纪实文学 – 中国 – 当代 Ⅳ．①I25

中国版本图书馆 CIP 数据核字（2009）第 233751 号

气象尖兵——中国成功发射系列气象卫星

QIXIANG JIANBING　ZHONGGUO CHENGGONG FASHE XILIE QIXIANG WEIXING

编写	王金锋
责任编辑	祖航　李娇
出版发行	吉林出版集团股份有限公司
印刷	三河市嵩川印刷有限公司
版次	2010 年 1 月第 1 版　　2022 年 1 月第 8 次印刷
开本	710mm×1000mm　1/16　　印张 8　字数 69 千
书号	ISBN 978-7-5463-1847-9　　定价 29.80 元
社址	吉林省长春市福祉大路 5788 号
电话	0431 – 81629968
电子邮箱	tuzi8818@126.com

版权所有　翻印必究

如有印装质量问题，请寄本社退换

前　言

　　自1949年10月1日中华人民共和国成立至今,新中国已走过了60年的风雨历程。历史是一面镜子,我们可以从多视角、多侧面对其进行解读。然而有一点是可以肯定的,那就是,半个多世纪以来,在中国共产党的领导下,中国的政治、经济、军事、外交、文化、教育、科技、社会、民生等领域,都发生了深刻的变化,中国人民站起来了,中华民族已屹立于世界民族之林。

　　60年是短暂的,但这60年带给中国的却是极不平凡的。60年的神州大地经历了沧桑巨变。从开国大典到60年国庆盛典,从经济战线上的三大战役到经济总量居世界第三位,从对农业、手工业、资本主义工商业的三大改造到社会主义市场经济体制的基本确立,从宜将剩勇追穷寇到建立了强大的国防军,从废除一切不平等条约到独立自主的和平外交政策,从"双百"方针到体制改革后的文化事业欣欣向荣,从扫除文盲到实施科教兴国战略建设新型国家,从翻身解放到实现小康社会,凡此种种,中国人民在每个领域无不留下发展的足迹,写就不朽的诗篇。

　　60年的时间在历史的长河中可谓沧海一粟。其间究竟发生了些什么,怎样发生的,过程怎样,结果如何,却非人人都清楚知道的。对此,亲身经历者或可鲜活如昨,但对后来者来说却可能只是一个概念,对某段历史的记忆影像或不存在,或是模糊的。基于此,为了让年轻人,特别是青少年永远铭记共和国这段不朽的历史,我们推出了这套《共和国故事》。

《共和国故事》虽为故事,但却与戏说无关,我们不过是想借助通俗、富于感染力的文字记录这段历史。在丛书的谋篇布局上,我们尽量选取各个时代具有代表性或深具普遍意义的若干事件加以叙述,使其能反映共和国发展的全景和脉络。为了使题目的设置不至于因大而空,我们着眼于每一重大历史事件的缘起、过程、结局、时间、地点、人物等,抓住点滴和些许小事,力求通透。

历史是复杂的,事态的发展因素也是多方面的。由于叙述者的视角、文化构成不同,对事件的认知或有不足,但这不会影响我们对整个历史事件的判断和思考,至于它能否清晰地表达出我们编辑这套书的本意,那只能交给读者去评判了。

这套丛书可谓是一部书写红色记忆的读物,它对于了解共和国的历史、中国共产党的英明领导和中国人民的伟大实践都是不可或缺的。同时,这套丛书又是一套普及性读物,既针对重点阅读人群,也适宜在全民中推广。相信它必将在我国开展的全民阅读活动中发挥大的作用,成为装备中小学图书馆、农家书屋、社区书屋、机关及企事业单位职工图书室、连队图书室等的重点选择对象。

编　者
2010 年 1 月

目录

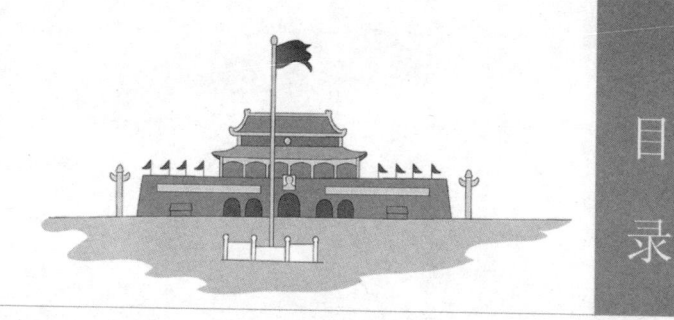

一、艰难起步

周恩来决定搞气象卫星/002

正式开始研制气象卫星/006

成功发射"风云-1"号卫星/010

期待卫星睁开"千里眼"/014

二、开拓进取

抢救"风云-1"号第二星/018

研制"风云-1"号第三星/026

研制"风云-1"号第四星/032

研制星载计算机系统/037

艰苦打造"长征-4乙"号火箭/041

发射"风云-1"号第四星/048

三、勇创辉煌

研制"风云-2"号静轨卫星/054

建立"风云-2"号地面站/064

发射"风云-2"号气象卫星/072

研制"风云-2"号第二星/075

研制"风云-2"号第三星/078

目录

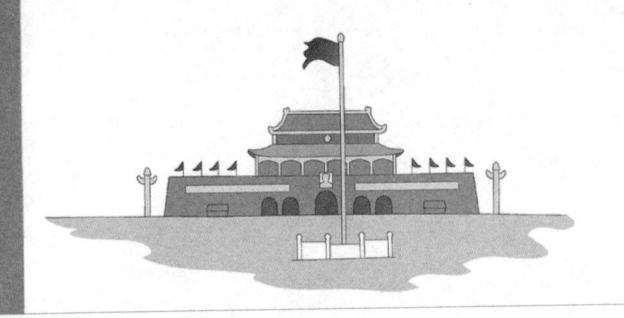

"长3甲"护送"风云-2"号上天/082

发射"风云-2"号第五星/088

四、再攀高峰

研制"风云-3"号卫星/096

积极准备发射"风云-3"号/105

成功发射"风云-3"号卫星/111

"风云-3"号为中国气象事业作出贡献/115

一、艰难起步

- "风云–1"号作为我国首颗气象卫星、第一代极轨气象卫星,正式走入人们的视野。

- 国家气象局局长邹竞蒙说:"'风云–1'号第一颗卫星的发射成功,标志着我国已进入世界上少数几个有能力自己研制、发射和运行气象卫星国家的行列。"

周恩来决定搞气象卫星

1972年2月24日，中华人民共和国恢复了在世界气象组织的合法席位。

那是1873年，世界一些国家联合成立了国际气象组织。1947年，中国气象代表团参加了在华盛顿召开的45国气象局长会议，参与世界气象组织的创建工作，成为世界气象公约签字国之一。

1953年3月23日，国际气象组织更名为世界气象组织。从1960年开始，世界气象组织规定每年的3月23日为国际气象日。

中国历来是气象灾害多而严重的国家，发展气象卫星，提高气象预报的准确性，具有重要意义。

1969年1月下旬，一次强寒潮袭击我国，出现了强烈降温，大范围降冰凌和大雪，全国有不少地方交通瘫痪，通信中断。

周恩来总理得知这场寒潮造成的严重灾害时，十分焦急。他先后两次紧急召集邮电部和中央气象局的同志研究这一问题，讨论应急措施。

1969年1月29日，周恩来再次接见了邮电部和中央气象局的同志。当时，我国对这种大范围天气过程和台风的监测手段还很缺乏，特别是对于台风的移动路径和强度无法准确判断。气象局代表汇报了当时的气象情况，同时还谈到由于通信中断缺乏气象资料的情况。周恩来认为我国应该搞我们自己的气象卫星。同时他还指示说：

> 在我们自己的卫星没有搞出来以前，要想办法接收美国卫星传送的气象情报。而且应该搞我们自己的气象卫星，气象火箭也要搞。

周恩来的指示给了气象工作者巨大的鼓舞，更为我国气象卫星事业和卫星气象事业的发展指明了方向。

气象卫星是对地球及其大气层进行气象观测的遥感卫星，被誉为监视风云变幻的"千里眼"。按轨道不同，分为太阳同步轨道气象卫星和地球静止轨道气象卫星。前者又称极轨气象卫星，可获得全球气象信息，后者则可对目标区域进行连续气象观测。

在周恩来的指示下，我国的气象卫星和卫星气象事业开始逐步发展起来。

1969年上半年，我国科技人员对原有的旧设备加以改造，手工绕制螺旋天线，把旧的马可尼雷达改造为扫描系统，利用照相机把雷达荧光屏上的云图拍成云图照片，在不到半年时间内，就研制出我国第一台气象卫星云图接收设备，并立即在中央气象台使用。从此，我国开始了气象卫星云图的接收应用工作。

1969年底，在周恩来关心下，我国又提出了研制

"风云-1"号太阳同步轨道气象卫星的任务。

1970年初,由中央气象台和中科院大气所的一些同志成立了卫星云图分析应用联合研究组,当时的中央气象局对在全国军内外推广这一新技术很重视。

1970年1月17日,周恩来召集阎仲川副总参谋长以及国防科委罗舜初副主任等开会研究气象卫星的研制和相关任务。

2月16日,周恩来又亲自签发了中共中央、国务院、中央军委给上海市关于研制气象卫星的电报,下达了研制气象卫星的任务。5月4日,在中央气象局成立了我国第一个卫星气象筹备工作组,由于当时人少,工作组办公室便设在原情报所办公楼三层311房间,故对外代号取名为"311组"。

不久,"311组"通过调研提出了《关于气象卫星研制方案和地面接收站建设问题的报告》。1970年12月24日,周恩来在这份报告上亲笔批示:

> 这两种卫星规划是否已经落实,承制单位和协作地区是否已经可靠,排列时间是否恰当,均请你们再谈一次,以便正式列入"四五"计划。

然而由于各种原因,周恩来的批示并没有得到落实,气象卫星研制任务后来也没有能够列入"四五""五五"

计划。

1970年底，经中央军委批准，总参谋部下达了"关于开展国外气象卫星云图照片接收工作的通知"。同时，中央气象局还采取了组织有关工厂生产设备，举办短期培训班等措施。

1971年7月1日，经中央军委批准，中央气象局正式组建"卫星气象中心站"，即后来的国家卫星气象中心，代号为"701"办公室。我国第一颗气象卫星在周恩来的关心和指导下开始筹划和发展。

1972年7月30日，周恩来询问说："收听国际气象预报和预测，不知地面卫星站能否通过空中卫星收听更多情报，请打听一下，如行，立即办。"

周恩来以其深邃的战略眼光洞察到加强气象业务现代化建设的重要性。1972年，中央气象局提出上海以北的沿海地区没有测台风的雷达，台风到黄海后，测不到其位置。当中央气象局提出要在这一带安装测台风雷达时，周恩来给予了大力支持。后来，北方沿海地区增加的测台风雷达站，就是在周恩来的关怀下建立起来的。

在一次国际气象组织会议上，李先念明确表示，中国要在1979年发射气象卫星。这个承诺使第三世界国家欢欣鼓舞。然而由于各种原因，这个工程一拖再拖，未能如期实现。

正式开始研制气象卫星

1977 年，国家对国民经济计划曾有过几次大的调整，包括减少基本建设投资，甚至减少军费等。在这种情况下，邓小平仍然批准了包括"风云-1"号在内的一批重大项目的发展。

11 月，国防科工委在上海召开我国第一颗极轨气象卫星大总体协调会，形成了第一颗极轨气象卫星的总体初步方案，并将其正式命名为"风云-1"号，代号为"FY-1"。

作为我国首颗气象卫星，它的名字牵动着中国气象人的心。

最初的方案是拟将极轨气象卫星称为"风云"，静止气象卫星称为"风雷"。

后来考虑到都属于气象卫星范畴，就统一采用"风云"，以单数指极轨卫星，双数指静止卫星。

至此，"风云-1"号作为我国首颗气象卫星、第一代极轨气象卫星，正式走入人们的视野。

同时在方案中还规定"风云-1"号气象卫星系统工程代号为711。

由此在中国的大地上拉开了全面开展"风云-1"号气象卫星工程，即711工程系统建设的序幕。

"风云-1"号是一颗极轨试验型气象卫星。由于这种卫星轨道的倾角接近90度,卫星近乎通过极地,所以称它为"近极地太阳同步轨道卫星",简称极轨卫星。其高度一般在700到1500公里,高度低,所以观测效果好。与太阳保持同步,所以每次观测可以得到近乎相同的光照条件,有利于观测资料的对比分析。

20世纪70年代末,风华正茂的高火山以优异的成绩考入被誉为"工程师摇篮"的哈尔滨工业大学,进入无线电信息工程专业深造。在知识的海洋中他勤奋地畅游,修完了大学本科的全部课程。

此后,高火山来到了他梦寐以求的卫星总体单位——上海航天技术研究院五〇九所,参加了"风云-1"号第一批气象卫星的研制,成为当时这家单位向卫星研制领域最高水平冲刺中最年轻的知识分子之一。

1982年初,高火山参加了"风云-1"号卫星测控系统的总体设计与试验,以全部精力投入科技攻关的第一线。

高火山凭借坚实的知识基础和长期的实际工作经验,对已有的卫星测控系统进行了优化设计,出色地完成了这个项目,获得了航天工业部科技进步三等奖。

卫星研制,是一项技术十分复杂而又耗资巨大的系统工程,工作中稍有不慎,就可能给国家造成重大损失,使无数人的辛勤和智慧付诸东流。

高火山作为一名行政指挥员,深深知道自己肩负的责任。

他时时刻刻把周总理"严肃认真，周到细致，稳妥可靠，万无一失"的教诲铭记在心，从产品设计、生产到验证试验，每一步、每一次，他都一丝不苟，严格把关。

一次，某单位研制的卫星太阳帆板驱动装置出现问题后，高火山寝食难安。

高火山不顾身体不适，和总设计师孟执中一起带领有关技术人员奔赴兰州、南京、北京等地的协作单位。

一到目的地，他们顾不上安顿，就直奔协作单位找分管领导和科技人员，共同分析产生问题的原因，一起想办法解决问题。

之后，他还帮助协作单位从技术、工艺、管理、质量、人员等方面找出薄弱环节，制定整改措施。直到找准问题，完善措施，消除现象，高火山他们才休息。

高火山严格抓质量，对出现的问题一抓到底，不留任何隐患的工作作风，使协作单位干部职工深为感动。

高火山接任"风云-1"号卫星总指挥后，不仅继承发扬了前辈良好的工作作风，而且十分注重元器件质量管理，以此作为突破口，全面提升卫星型号质量管理水平，使卫星元器件等产品质量在原有基础上大为提高。

高火山和科技人员一起，在"风云-1"号卫星研制过程中始终以长寿命、高可靠为目标，设计中充分分析影响卫星可靠性的各种因素，找出薄弱环节，采取各种可靠性设计手段，有效地提高卫星上各系统和单机的可靠性。其中，重点是提高接口的可靠性，消除关键部位的单点失效故障。

为此，科技人员对元器件质量、防环境污染、抗空间粒子辐照效应、电磁兼容性等采取了一系列技术措施，并进行充分的地面验证和可靠性增长试验，从而提高了卫星的寿命和可靠性。

"风云-1"号卫星首次实行的卫星出厂前一个月进行整星通电老练试验，对提高卫星质量、不带问题出厂起到了重要作用。

成功发射"风云-1"号卫星

1988年9月7日凌晨，晋西北高原秋高气爽，月朗星稀，连绵起伏的山沟也安静了下来。中国新研制的"长征-4"号运载火箭巍然屹立在巨大的发射架旁，整装待发。

5时30分19秒，随着"点火"命令的发出，"长征-4"号运载火箭托举着中国第一颗气象探测卫星"风云-1"号，带着灼人的烈焰、震耳的轰鸣，带着民族的自豪感，带着中心全体人员的心血、汗水和无限希望，腾空而起，在蔚蓝的天空中画出一道美丽的曲线，飞向浩瀚的太空。

随后，卫星顺利进入900公里高度的近圆形太阳同步轨道。

18分钟后，广州卫星地面接收站收到卫星发回的信号，表明卫星上仪器工作正常。

西安卫星测控中心和国家气象局按照计划，对卫星开始进行在轨测试。

"风云-1"号发射当天早晨6时9分，乌鲁木齐气象卫星地面站接收到"风云-1"号传回的第一轨资料，经处理后生成第一张卫星云图照片。

卫星入轨准确，观测图像清晰，标志着我国气象事业进入了从空间探测大气的历史阶段。

这时太阳刚刚出来，卫星云图上为此还有斜角。看到清晰的云图，中国气象人的眼泪忍不住夺眶而出。

卫星发射成功后，国务院、中央军委向全体参试人员发来了鼓舞人心的贺电。

发射当日正在北京召开的国际气象组织会议的会场沸腾了，与会代表纷纷同中国代表拥抱，向中国致敬！

"风云-1"号气象卫星是炎黄子孙在五千年的历史长河中，第一次对地球及其大气层进行的气象探测。它承载着国人多少期待与梦想，展示着中心要敲开宇宙的天窗、探索天际奥秘的雄心与志向。

这颗命名为"风云-1"号的气象卫星，是我国自行研制和发射的第一颗极地轨道气象卫星。

卫星上装有两台甚高分辨率的扫描辐射仪，共有5个探测通道，可探测白天和夜间的云图、地表图像、海洋水色图像、水体边界、海洋面温度、冰雪覆盖及植被生长。

卫星主要任务是获取全球的气象信息，并向全世界气象卫星地面站发送气象资料。

此外，这颗卫星还具有探测空中粒子成分的功能，为空间物理研究提供资料。

"风云-1"号卫星正式投入试用后，对于提高我国天气预报水平，特别是灾害性天气的监测和预报能力，更好地为国民经济建设服务有重要意义。

国务委员宋健、中央军委副秘书长刘华清等领导同志分别在国防科工委北京指挥所和太原卫星发射中心观看了卫星发射实况。

第二天，中央气象台开始使用"风云-1"号发回的云图资料，进行天气预报和海浪预报。中国没有气象卫星的历史一去不复返了。

中央电视台、《人民日报》等全国各大新闻媒体做了详细报道。

《解放军报》在头版头条位置进行了报道。报道这样写道：

> 我国第一颗气象卫星发射成功——开发外层空间造福人类，航天技术又有新突破，新火箭新卫星基地同时启用，标志着我国空间技术走向实用阶段。

1988年10月，"风云-1"号卫星技术总结会举行，国家气象局局长邹竞蒙发表了热情诚恳的讲话。他说：

> "风云-1"号第一颗卫星的发射成功，标志着我国已进入世界上少数几个有能力自己研制、发射和运行气象卫星国家的行列。应该说，无论从中国的空间技术发展也好，还是从气象科学技术的发展也好，"风云-1"号气象卫星

的首次发射成功都是具有划时代意义的。

"风云-1"号第一颗卫星在国内首次采用了不少先进的关键技术，而且得到了考验，与美国20世纪60年代的气象卫星相比，我们的起点要高得多。"风云-1"号的可见光云图质量很高，博得了国内外良好的评价。

"风云-1"号卫星的成功发射，在我国卫星工程历史中，实现了诸多第一。

"风云-1"号气象卫星工程，包括卫星、运载火箭、发射场、测控通信和地面应用五个系统。

其中，"风云-1"号卫星是我国第一颗具有可见光和红外波段的光学遥感卫星，"长征-4甲"号运载火箭是第一次发射太阳同步轨道卫星，发射"风云-1"号是太原卫星发射中心首次执行的卫星发射任务，"风云-1"号地面应用系统是我国卫星使用部门中最早建成的大型资料接收处理系统。

期待卫星睁开"千里眼"

1988年9月7日傍晚,太原卫星发射试验基地举行会餐,全体参射人员共同庆贺中国的第一颗气象卫星发射成功。

然而,星载红外扫描辐射计的研制者,上海技术物理所的同志们却没有像其他参射人员那样载歌载舞,尽情挥洒成功后的喜悦。

上海技术物理所的专家们虽然也为中国的第一颗气象卫星的成功发射欣喜不已,但他们心中这时最牵挂的还是他们研制的气象卫星的眼睛扫描辐射计。

火箭把卫星送上轨道,卫星按指令把姿势下俯,将甚高分辨率扫描辐射计对准地球。

但是,这双"千里眼"能不能看得见?能不能按要求把地球上的气象资料清晰地告诉地面?一切还是未知数呢!

在20世纪70年代初,中国的空间技术刚刚起步。第一颗"风云-1"号从立项预研到上天长达17年,其间经历过多次推倒重来的艰难过程。作为遥感系统设计师,上海技术物理所所有人始终抱着一个信念:

人生能有几回搏,要么不造,要造就让卫

星"目光如炬"！

1974年秋，国家有关部门正式确定研制我国第一颗气象卫星，并决定将它的核心仪器可见红外扫描辐射计交由中科院上海技术物理所承担。

从研制分辨率48转每分扫描辐射计开始，到相当于美国1978年刚投入运行的"泰罗斯-N"卫星上用的高分辨率120转每分扫描辐射计，上海技术物理所仅仅用了4年时间。

1981年，卫星发射计划推迟，但上海技术物理所并没有止步。

上级果断决定，利用这段宝贵时间争取再上一个台阶，研制正在运行的美国第三代业务气象卫星，这不仅要增加扫描辐射计的探测通道，而且要解决卫星图像信息实时处理和畸变校正等一系列技术难题。

经过两年奋战，一个个难关终于又被攻克。从48转、120转到360转，扫描辐射计3个不同转速好比迈上了3个台阶，所绘制的图像一个比一个清晰。

世界上第一个发射气象卫星的美国登上这3个台阶，是依靠在太空中不断地发射试验完成的，而中国却是在地面上完成的。上海技术物理所的辛勤工作，为国家节省了相当可观的资金。

1984年底，上海技术物理所再接再厉，在不改变卫星结构、不增加功率消耗的基础上，将原来研制的三通道 360 转每分甚高分辨率扫描辐射计修改为五通道。新增加的这两个观察通道，专门用来观测海洋，可供海洋部门使用。一星多用又使国家节省了一大笔资金。

从探测波段到遥感，从信息存储到辐射制冷，"千里眼"每个部件的轮廓就在 17 年如一日的图纸修改、样机试验中渐渐清晰起来。

上海技术物理所的研究员们经常戏谑自己不像研究员，"最多算是个工程师"，因为无数个白天与黑夜，大家都是满手油污泡在车间，与工人们一起为某个特殊零件的加工绞尽脑汁，为整个系统调校通宵达旦。

1988 年 9 月 20 日，凌晨 2 时 56 分，上海技术物理所终于迎来了翘首以盼的时刻，"千里眼"最后一个红外观测通道终于打开了。

广州地面站收到了陆地目标、水陆分界和海洋温度场等清晰的彩色卫星云图，消息传到上海技术物理所，全所同志笑着紧紧拥抱在一起。

17 年了，这一刻是上海技术物理所每一个人都永远铭记的瞬间。

二、开拓进取

- 任新民说:"一定要把'风云-1'号卫星抢救过来,在某种意义上讲,抢救成功一颗卫星要比研制一颗卫星的意义大得多。"

- 李相荣用平静的口吻对大家说:"我和大家一样非常渴望成功,我们不能因为渴望而动作变形,我们要以平常心对待明天的发射,明天一定会成功。"

抢救"风云-1"号第二星

1991年2月15日，正是中国传统节日春节的第一天——大年初一。然而一个不幸的消息传来："风云-1"号失控了！当"风云-1"号第二星控制系统主任设计师徐福祥在电话里听到这个消息的时候，一时有些发蒙了。

风云第一星在发射后的第三十九天，就出现了卫星姿态失控，并导致整星失效。难道这第二星又要出现类似故障？

"风云-1B"号星于1990年9月3日发射成功，当时入轨准确，图像比A星还要清晰，受到各国气象界人士的一致好评。

然而，天有不测风云，正当科技人员紧张有序遥测、遥控和接收"FY-1B"的卫星资料时，1991年2月14日20时57分，运行了165天的卫星再次飞越过境，传下来的卫星云图突然扭曲、倾斜，甚至杂乱无章。

这突如其来的消息，让测控中心和国家气象局的领导、专家们十分震惊，控制系统设计师徐福祥也在第一时间得知了这个消息。

西安卫星测控中心立即进入紧急状态。22时35分，卫星再次入境，他们从遥测数据中发现，"风云-1"号姿态已失控，正处于严重翻滚状态之中。

星上计算机原先存入的数据大多发生跳变，用于卫星姿态控制的陀螺和喷气口均已被接通，气瓶中保存的氮气损耗殆尽。

这样，星上的推力小火箭形同虚设，失去了调控卫星姿态的正常手段。

更为严重的是，到了2月15日晨7时40分卫星重新入境时，发现在旋转翻滚状态下，卫星太阳能电池阵只有部分时间对着太阳，如果卫星的电源供应再失去，那"风云-1"号就真成"死星"了。

在十万火急的情况下，测控中心和卫星研制部门果断决策，立即启动星上大飞轮。

启动大飞轮，实际上是把原作他用的大飞轮当作一个大陀螺，使卫星太阳能电池阵能稳定保持向阳面，从而保证卫星的电源供应，为抢救"风云-1"号创造最基本的条件。

当做好基本的准备工作后，西安测控中心开始焦急地等待各路专家们的到来。

当徐福祥得到卫星失控的消息时，根本来不及细想，恨不得插上双翅，飞到西安卫星测控中心。

可这时飞机已经停航，看来只有坐火车了。时不我待，他迅速登上了西去的列车。

在火车上，徐福祥一直在想，好端端地已经在天上飞了165天了，怎么会出现问题呢？还有没有可能把它救回来呢？如何才能把它救回来呢？

把姿态失控的卫星抢救过来是极其困难的。1976年9月12日，美国一颗名叫"布洛克－5D"的卫星发生了与"风云－1"号相似的故障，人们经过半年的艰苦努力才把它调整过来。

抢救"风云－1"号，要比抢救"布洛克－5D"难度更大。

"风云－1"号每分钟的翻转速度比当时"布洛克－5D"每分钟翻转速度要快。"风云－1"号每天6次经过我国上空，每次最长仅20分钟，有时只有10分钟。我国科技人员只能在这短暂的时间里对卫星实施抢救，而美国在全球设有测控站，可随时对卫星进行姿态调控。

焦急的等待和毫无结果的思索让路程变得更加漫长。

有时徐福祥甚至会想到这次抢救可能会毫无结果，他百无聊赖地看着一个新疆小姑娘手里的指南针。随着小女孩手的转动，指南针的指针拼命地扭动着。

徐福祥直盯盯地看着小女孩手中扭动的指南针，心却飞到了天上。

徐福祥出生于江苏江阴峭岐乡圩塘村一个贫困家里。为了养家，在小福祥出生不久，父母就先后去上海做工，把他交给祖母带。5岁多，徐福祥就开始从事简单的农家劳动。

年幼的艰苦和远离双亲的近乎孤儿般的生活，使徐福祥从小就养成了自强、刻苦、勤劳的性格。当他以每个学期考试全部第一名的成绩读到小学三年级时，老师给小福祥的父母写了一封信，老师说："福祥是一块读书的好材料，你们把他带到上海去吧！"

从此，徐福祥就成了上海人。1958年他被上海五一初级中学保送到复旦大学预科班学习。这是一个世界闻名的科学家成长的摇篮。不久他就成为复旦大学物理系的一名高才生。

1963年，校方提前安排他在复旦大学物理系电子计算机室实习。

此后他和老师共同研制了学校第一台电子计算机。后来国防科工委组建十五院，徐福祥成为复旦大学著名电光源专家蔡祖泉的助手，参加研制了太阳模拟器关键设备"25KW球型氙灯"。

1968年，周恩来讲的一句话"上海要搞气象卫星"成为徐福祥生命中一个非常重要的转折点。

作为一名上海人、一所名牌大学的电子研究者，徐福祥被总理的话深深震动。从此，他毅然放弃了年少时就喜爱的教师职业，开始了自己的航天事业。

从1978年直接接触卫星控制系统开始，到1990年成为"风云－1"号卫星副总设计师，徐福祥走过了12年时间。12年的时间，他终于成就了一个卫星专家。

1989年，徐福祥除了担任"风云－1"号第二颗星控制系统主任设计师外，又承担了这颗星的总体主任设计师。

气象卫星是人类突破时间和空间限制、了解地球气象变化的重要工具，1960年4月1日，美国最先发射了世界上第一颗气象卫星，开创了从宇宙空间探测大气的新时代。此后在近30年的时间里，美国、苏联、日本等国相继发射了150多颗气象卫星，从而织成了全球气象卫星观测网。

对于中国来说，这个卫星观测网提供了很多为国民经济服务的信息，然而毕竟都是别国的卫星，别人也不会天天送免费的午餐。

中国要独立自强，就要发射自己的气象卫星。在万众期盼中，中国的"风云-1"号A星、B星终于相继飞上了太空。

然而，万事开头难，"风云-1A"号星仅在天空运行了39天。"风云-1B"号星稳定运行165天后，却在大年初一失控了！这怎能不让控制系统设计师徐福祥着急。

自从知道卫星失控的消息以后，徐福祥的注意力就全在卫星上了。

所以，当他在火车上看着新疆小女孩玩的指南针时，脑子里其实想的还是面临危险的风云卫星。

指南针为什么会扭动？是因为地球的磁场作用，那能不能通过地球磁场让卫星扭动呢？

这时，一道灵光从徐福祥眼前闪过，他忽然想到了卫星上的3个电磁棒。这3个电磁棒本来是为卫星大飞轮卸载用的，既然指南针能够在地球磁场作用下扭动，那么，说不定卫星也能够通过地球磁场的作用恢复正常。

徐福祥的思绪渐渐牢牢地系在卫星的3根电磁棒上。

这是一个极其大胆的设想。

"通电！对，通电！通过遥控对3根电磁棒不时按特定的相位通电，借助地球磁场产生与自旋相反的力矩，不是能让卫星自旋慢慢停下来吗？"

想到这里，徐福祥简直要跳起来了，恨不得马上就出现在西安测控中心，把这个想法告诉每一个专家，让大家讨论一下。

当徐福祥终于来到测控中心的时候，他首先把这个想法告诉了航天部的老专家任新民。

听了徐福祥关于抢救卫星的初步方案后，任新民表现出了极大的热情和关注。任新民说：

> 一定要把"风云-1"号卫星抢救过来，在某种意义上讲，抢救成功一颗卫星要比研制一颗卫星的意义大得多。

随着各路专家的到来，大家对失控的卫星进行了共同会诊，最终确定卫星姿态系统出了故障，并一致同意采纳徐福祥的抢救方案，利用地球巨大的磁场和卫星磁力矩器相互间的磁力作用，来减缓卫星的翻滚速度，逐步把卫星调整到正常姿态。

于是，一场旷日持久的太空大抢救开始了。科技人员坚守岗位，密切注视每一条轨道，不漏掉任何一点信息。

"风云-1B"号星抢救时间之长、获取抢救资料之丰富，是世界卫星发展史上少有的。仅以除夕夜到五一节的78个日日夜夜、559圈的全时跟踪，就发出了指令7000余条。这在我国卫星抢救技术上是史无前例的。

通过几天抢救实践证明，徐福祥关于利用3个磁力矩器，与地球磁场相互作用，使卫星产生不同方向上的有效力矩，从而让卫星稳定下来的想法是科学的、正确的。

该方案实施后的第一天，卫星旋转速度就出现下降。4月29日，"风云-1"号翻滚速度降至每分钟旋转一圈。计算机数学模型仿真试验表明，这时已可以进入卫星"重新捕获地球"了。

5月1日晚，当"风云-1"号再次出现在中国上空时，一串串数据和指令由测控中心发出，注入星上计算机，卫星遥感仪器的探测头终于稳定地对准了地球。

5月2日，测控中心通过遥控指令打开了星上所有仪器系统，国家气象中心立刻重新收到了清晰如初的云图。

这一天，距2月14日才78天，中国航天人再次创造了奇迹。

人类科学文明的脚步有着惊人的相似之处，事后人们发现，"风云-1"号卫星的抢救方案与美国人抢救"布洛克-5D"卫星的方案在主要原理上几乎是一致的。

而美国人是在计算机上模拟了上千种抢救方案后挑选出的一种最佳方案，而且用了半年时间，而中国人凭着大脑的智慧，仅用了两个半月时间就成功地抢救了与"布洛克-5D"的故障程度相当的"风云-1"号卫星。

1990年5月2日，恢复常态的"风云-1"号卫星又打开了气象云图发送系统。那天徐福祥成了天下第一男子，因为那无须掩饰而横流的泪水，淹没了"男儿有泪不轻弹"的千古余音。

同时，中国航天史上记下了难忘的抢救"风云-1"号卫星的78天。"风云-1"号卫星后来获国家科技进步一等奖，"风云-1"号卫星抢救技术获国家科技进步二等奖，徐福祥本人获航天部通令嘉奖。

研制"风云-1"号第三星

1994年1月，我国著名卫星总体及控制技术专家、极轨气象卫星的开拓者之一孟执中已近70岁，围着卫星忙了几十年的他思绪万千。

尽管由孟执中领头研制的"风云-1"号A星、B星先后发射成功并运行，填补了我国气象卫星的空白，表明我国已具备了研制、发射、运行、管理太阳同步轨道气象卫星的能力和条件，为进一步发展我国的气象卫星和卫星应用迈出了重要的一步。

但A、B两星先后早期夭折，对于卫星总设计师孟执中来说，记忆是刻骨铭心的。

此时，正值卫星研制队伍最不稳定的时候。孟执中想，如果自己此时离开岗位，总感觉没有把自己这一生的使命完成好。

想到自己曾有幸两次参加会议向周恩来汇报卫星的研制情况，聆听总理的亲切教诲，他就更加不能安心。

孟执中清楚地记得，1973年6月21日21时，周恩来健步来到人民大会堂湖北厅，他环视了到会的同志，观看了卫星和火箭的各种汇报图表，然后高兴地说："大有希望。"

周总理还对孟执中他们说：

你们都很年轻，卫星、火箭就要靠你们这些懂科学技术的年轻人了！

几十年过去了，周总理的厚望依然存在于孟执中的心中。

于是，在"风云－1C"号星初样研制动员会上，孟执中坚定地表示：

　　一定要在退休前，搞出一个圆满的结果，给党和国家及关心支持我们干航天事业的人们一个完美的交代！

这是孟执中为中国气象卫星事业许下的诺言，他是这样说的，也是这样做的。动员会后，他开始积极投身到研制卫星的事业中去……

孟执中生于浙江杭州，6岁后搬迁到鄂西的一个小县城。上中学时已懂事的孟执中决定了自己一生的志愿——学工科，为发展中国的科学技术贡献自己的力量。

1952年9月，孟执中考上了武汉大学电机系，第二年又转到华南工学院电讯系学无线电专业。1958年底，他被选派到苏联科学院学习，主攻自动学及远动学。

1960年，孟执中回国参加工作，尽管当时条件非常艰苦，但不论在什么地方，从事什么工作，受到多大委屈,他首先想到的是"决不能辜负党和国家对自己的培养"。

在困难面前,他总是以饱满的热情勤恳踏实地工作着。

早期,孟执中曾主持建立了"东方红-1"号卫星地面测控中心和台站的计算机系统,还曾负责"长空1号"卫星研制,并在星上首次采用了程控计算机。

后来,孟执中开始主持我国"风云-1"号气象卫星研制工作。在研制过程中,他提出了采用16位数字计算机的三轴稳定姿控方案,参与并组织了展开式太阳电池阵、固态润滑反作用飞轮、飞轮加磁控技术、卫星防污染技术等项目的攻关,提出并组建了我国第一个卫星磁测试试验室。

孟执中致力于卫星高可靠、长寿命的研制工作,提出了卫星抗辐照加固措施和产品环境应力筛选及整星试验,决策采用固态存储器,指导和参与偏置动量轮加磁控全数字姿控系统研制。

经过几年的艰苦奋斗,"风云-1"号A、B星相继升空,但其中所经历的甘苦恐怕只有孟执中自己知道。

有时,他为了让自己的后辈们少走些弯路,就会向他们讲述自己在发射风云卫星中的失败经历。

他经常讲的是一件曾经让他难堪的"塔上救星"的故事。

当时,"风云-1A"号星发射到了最关键的5小时准备阶段，一个在发射前出现过、但被忽略了的半导体闩锁现象突然复现了，所有的遥测信号都没有了。

此时，作为"风云-1"号气象卫星总工程师的任新民果断决定，暂停发射，卸下卫星整流罩，在塔架上就地检查。

于是，在离地面几十米高的塔架上，孟执中等人为"风云-1"号气象卫星做了一次难忘的手术。

最让孟执中他们难以面对的是，后方的中央首长一次次打来电话，询问卫星发射的进展。

每次讲到这一段经历时，孟执中用的几乎都是那句让听者难忘的话："我当时站在塔架上，那份难堪和窘迫，真想从塔架上跳下去。"

这个故事深深烙在了年轻科技人员的心里，激励着广大科技人员时时绷紧质量这根弦。

为了实现自己许下的诺言，给"风云-1C"号星一个完美的结果，年近70的孟执中开始学习电脑。后来，《新民晚报》对这个故事进行了报道。他的后辈杨之浩永远不会忘记孟执中学电脑的情景。

杨之浩从"风云-1C"号星开始当上了孟执中的"徒弟"，自然与他接触得比较多。

杨之浩说："前几年，他戴上老花眼镜，开始学计算机，碰到问题他就向年轻同事求教。一开始孟院士问的真的是很基础的问题。有时我想，如果我在孟院士这个地位，这些问题可能还问不出口呢！"

"所谓人近七十学吹打,我真的觉得很感动。"很快,孟执中就基本掌握了计算机编程知识,也能够经常上网查阅国外卫星的资料。

在"风云-1C"号星的研制过程中,孟执中的压力非常大。方案设计的时候,C星用的是磁带记录器,可几次试验,单机一直有问题。

后来科技进步了,有一种叫作固态记录器的设备出现。该不该拿新设备替换旧设备,这个抉择落到了孟执中的头上。如果换了,那就是中国卫星界第一个"吃螃蟹"的。

新设备是否可靠、和其他系统是否匹配都是问题。当时反对的人很多,大家都觉得风险太大,经过几个月的试验和反复考虑,孟执中决定:换!实践证明这个决策是正确的。

在研制"风云-1C"号星的过程中,作为总设计师的孟执中,一直在实践着自己的诺言,而其间的辛苦他的妻子是最清楚的。

1998年,"风云-1C"号星正处于研制的关键时期,孟执中深感责任重大,神经常常处于高度紧张状态之中,因而患上了严重的失眠症,有时甚至彻夜不眠。

此时正在美国探亲的妻子及时返回家中,在她的照顾下,孟执中的病情才得以减轻。

1999年5月10日,C星升空。"风云-1C"号星的发射升空与运行,使我国成为世界上第三个掌握此项技术并真正将之投入应用的国家。

随后，该星被世界气象组织正式列入世界业务极轨气象卫星序列，成为我国第一颗被列入世界业务卫星应用序列的卫星。

"风云-1C"号星发射取得圆满成功，可是孟执中却病倒了，并且开刀做了手术。

住院期间他还是闲不住，时不时就打电话询问D星的进展。而设计师、技术人员们有什么问题，也都到病房里来研究，把病房变成了办公室。

远在国外的亲人很希望孟执中夫妇能前往团聚，安度晚年，但他实在是割舍不下为之奋斗了一生的航天事业。

孟执中是多么希望"风云-1"号卫星能"尽善尽美"，于是又出任了"风云-1D"号星的总设计师。

研制"风云-1"号第四星

"风云-1A"号星,仅在轨正常运行了39天,"风云-1B"号星,在轨累计正常运行了285天。而"风云-1C"号星,不负众望,在轨运行快3年了,还在太空中超期服役。

如今,"风云-1D"号星也将要上天与"风云-1C"号星做伴了。中国的气象卫星从无到有,从一颗到多颗,使中国逐渐从信赖外国气象卫星到完全独立自主。

每当想到这些,D星总设计师孟执中激动的心情久久不能平静。

在20年前,中国宇航代表团到美国访问时,美国人拿出一摞气象卫星图片资料,在炫耀的同时声明,只公开结果,技术上保密。

中国航天专家当时就自信地说,我们也会有自己的气象卫星。

从美国回来后,中国的卫星专家们憋着一股劲儿,发愤要研制出高水平的气象卫星,为中国人争气。

他们将原先已在研制的国内首颗气象卫星设计方案推倒,瞄准世界的高水平,重新开始。

经过20多年的不懈努力,中国的卫星专家们硬是靠自己的力量,将一颗颗"风云-1"号系列卫星陆续送上了天，这些卫星在一些关键指标上均达到了美国水平。

"风云－1D"号星的使命是接替 1999 年 5 月 10 日发射成功的"风云－1C"号星。D 星是我国第二颗业务应用极轨气象卫星，卫星的主要任务和使用要求均与 C 星相同。

"风云－1C"号星在轨稳定运行的时间早已超过两年设计寿命的大限，但 C 星宝刀未老，姿态稳定，性能优良，仍在恪守职责，监视着地球及其大气层的风云变幻，发回清晰的气象云图。

2000 年 8 月，"风云－1C"号星被世界气象组织列入世界气象业务应用卫星的序列，它也成为我国第一颗为世界所接纳的业务应用卫星。

尽管"风云－1D"号星的任务只是"接班"，但绝不是 C 星的简单克隆。孟执中曾在多种场合对研制人员说：

"风云－1D"号星一定要超过 C 星！

由于"风云－1C"号星是我国第一颗超期服役的长寿命星，开创了中国极轨卫星长寿命、业务应用的先河，对于中国卫星气象事业具有里程碑式的意义。

正因为此，C 星的英名已被刻在中华世纪坛上，昭示后人，鼓舞来者。

要想百尺竿头更进一步，D 星自然得有自己的过人之处。

"风云－1D"号星从2000年开始正样设计，它在可靠性设计、分析、试验等方面充分继承了C星的成功经验及成熟技术。为解决C星在轨运行中暴露的问题和薄弱环节，进一步提高卫星的稳定性，D星的技术状态在C星基础上做了14项修改。

在历时两年的研制过程中，设计人员确立了技术状态控制原则，凡是C星成功的不做任何变化，不搞锦上添花。对于C星运行中的一些问题，必须彻底进行归零，以确保D星的质量和稳定性比C星更好。

"风云－1C"号星虽然口碑甚佳，但也并非没有缺点，星上电源系统的损耗器就出了一些毛病。尤其是每年卫星轨道从有地球阴影区向全日照过渡的这段时间，卫星会"发烧"，必须每天通过调整星上相关的仪器工作来降低卫星的温度。

针对这个短项，技术人员改进了损耗器的制造工艺，经过多次试验，去除了病根，"风云－1D"号星不会再有什么"头疼脑热"。

对于其他的问题，研制队伍也开展了精心细致的工作。为了D星的长期可靠稳定运行，孟执中总设计师可谓是费尽心机。

在卫星技术阵地的厂房里，孟执中话语不多，他以自己独特的方法指挥着队员们。

技术阵地测试的每一天，他都不声不响地坐在年轻技术人员身后，轻声轻气地与他们商量着关键问题，随时进行指导和帮助。

卫星转场到发射阵地后，孟执中更是把一些关键岗位盯得紧紧的。3次星箭总检查，孟执中寸步不离地守在10号指挥岗后面，一坐就是三四个小时。

因此，年轻人非常信赖他。他们说："只要孟总在，我们心里就踏实。"

孟执中讲究实事求是，他要求队员们也不能弄虚作假。他十分强调测试数据必须进行"三比对"，即在基地电测试的数据必须与设计数据进行比对，与出所时的数据进行比对，与C星的数据进行比对。

一次中队会上，孟执中要求大家认真进行"双想"活动，想出问题来就算立功。

在他的鼓励下，硬是找出了需要解决或需要引起高度重视的9个问题。针对这些问题，孟执中组织大家提出了积极的应对措施，未雨绸缪，确保了卫星到基地后各项工作的顺利开展。

2002年5月，孟执中不顾身体的虚弱和多次胃出血，仍随"风云－1D"号星进入发射场，一待就是数月。

为了照顾孟执中的身体，领导特意安排他的妻子前往照顾他的生活起居。在领导的关心和妻子的精心照顾下，孟执中的病情有所缓解。

5月5日，星箭第一次总检查，孟执中循循善诱，告诉大家这次测试的面比较广，发现问题也来得及处理，希望大家不要有负担，睁大眼睛，到测试中去找问题。

孟执中大度的胸怀、实在的话语，缓解了试验队员们紧张的心情。

孟执中没有什么时间看电视，如果看，准是先搜索各台的天气预报。除了电视，他每天都要通过上网了解"风云－1C"号星的工作状况。

辛勤的工作，终于换来了丰硕的成果。后来，当这颗倾注孟执中和全体研制人员心血的卫星飞向太空时，夫妇俩热泪盈眶。

孟执中以其在卫星研制中所作出的贡献，先后获国家科技进步一等奖一项、二等奖一项，部委级一等奖3项、二等奖2项，2000年他又获得全国先进工作者称号，2002年获何梁何利基金科学与技术进步奖。

孟执中还受到了江泽民的亲切接见。中央的重视、领导的鼓励，更加坚定了孟执中投身中国气象事业的决心和勇气。他又在为我国新一代气象卫星"风云－3"号研制工作而拼搏。

研制星载计算机系统

1965年12月，黄惟一从北京航空学院毕业，被分配到上海机电二局20所。也就是从这时候起，他与中国航天结下了不解之缘。

1976年，以他为主研制成功了国内第一套用计算机控制的火箭自动测试发射控制设备。

1978年，该设备获全国科学大会"重大成果奖"。

作为一名技术专家，黄惟一在担任上海航天技术研究院卫星工程研究所所长后，更认为自己有责任带领全所干部职工走出一条型号研制的发展之路。

20世纪90年代中期，上海卫星工程研究所正处于低谷阶段，形势非常严峻，几乎只剩下"长征–3"号和"长征–4"号地面设备及箭上二次电源还在继续生产和研制，每年交付平均不到一发，每年经费最多不过1200万元。他带着几位同志四处奔波，以诚恳的态度感动了用户，终于争取到一个型号测试车的任务。

黄惟一还主动开展一些有关的预研课题的研究，争取星上计算机、箭上"推进剂利用系统"计算机和弹上计算机的研制任务。由于抓住了这一机遇，上海卫星工程研究所从此走出低谷。

星上计算机是卫星的关键部件之一，犹如人的大脑，如果大脑出了毛病，必将危及卫星安全。它要求高，技术新，系统非常复杂。"风云－1"号卫星方案设计的时候，A星用的是较早的固定程序计算机，只要姿控系统任何一个部件失效，系统便不能正常工作。

"风云－1B"号星采用的计算机，在地平仪失效时，仍能完成姿态控制，性能上比先前的计算机有较大的改善。但因为对空间环境没有足够的认识，元器件的抗辐射指标达不到要求，在轨工作165天后，因空间单粒子效应引起翻转，后经"抢救"，姿控调整回来了，但该星没有达到预定的设计寿命。

为解决卫星在轨运行的长寿命问题，在"风云－1C"号星上，由黄惟一领导设计的计算机系统采取了多项可靠性措施，并采用高可靠、抗辐射的P1750A作为CPU。"风云－1C"号星上天后，成为名副其实的长寿星。

"风云－1C"号星上天后，黄惟一带领课题组成员把目光又瞄准了气象卫星固态记录器这一尖端项目。

固态记录器起着将卫星围绕地球运转过程中所收集到的信息储存起来，而当接到指令后又能及时将储存的信息准确地发回地面的作用，它工作的好坏是卫星成功与否的一个重要标志。

黄惟一与课题组成员敢于走前人没有走过的路，只用了短短一年多的时间，就研制成功了达到20世纪90年代世界先进水平的固态记录器。

1999年4月，太原卫星测试厂房正在进行卫星传输系统试验，由兄弟单位研制的二维动画固态记录器发生了故障。为确保本所系统内存固态记录器质量万无一失，黄惟一带领课题组充分发挥团队精神，前后方联动，提出了《关于加强 CMOS 器件抗闩锁保护措施》的建议。

为了保证发射如期进行，黄惟一他们反复研究制订了 4 套改动方案，并由黄惟一在上海亲自指挥试验验证工作，先后否定了 3 种方案，最终确定了直接在模块电源输入端加限流电阻的技术措施。

该方案经专家和卫星两总系统初步评审后，认为可以实施。于是他们将固态存储器带到上海实施改动方案及工艺加固，通过了电性能试验验证及振动试验并通过了院级评审。

卫星按计划发射成功。该组研制的系统内存固态记录器成功地传回了"风云－1"号卫星的全球云图，云图图像清晰，工作状态良好，运行正常。固态记录器两次在"风云－1"号星上成功应用后，又被用于其他卫星，前景广阔。

黄惟一认为，完成任务要靠天时、地利、人和，而前两个条件本所显然没有优势，那么"人和"就更为重要了。

要迅速磨炼、锻造出一支卫星研制的精兵强将队伍，"出成果、出人才"就必须做到"人和"，这就要尊重和理解年轻人，多给他们创造成才的空间。这已成为该所型号研制成功的法宝。

在卫星整个研制过程中的 33 个月里，为确保任务的顺利完成，黄惟一付出了艰辛的努力。33个月里，他放弃了几乎所有的节假日，特别是五一、国庆、春节等长假，都成了他加班加点的"黄金周"。

33个月里，黄惟一几乎每天都在忙碌的工作之中度过，经常在数个协同研制单位之间来回奔波，把自己整个身心都扑在了上面。在办公室伏案工作，他经常忘记了回家的时间。

哪里有困难、有技术关键问题，黄惟一就会出现在哪里。只要科技人员双休日加班，他一定会到现场。这种身教真是重于言教，很多科技人员都非常感动，大大地激发了大家的工作热情。

综合测试副主任设计师黄小虎，在还担当着其他型号主任设计师的时候，由于工作需要，组织上让他兼任"实践七号"卫星综合测试副主任设计师的工作。

他虽然工作很忙，但得知组织上的决定后，二话没说，毫不犹豫地投入到了工作中去。

有人问黄小虎："你身兼两个型号工作，不多拿一份工资，图个啥？"

憨厚的黄小虎回答："我不图什么，多从事一个型号，就能多学到一点东西。"

没有豪言壮语，朴实的语言充分体现了该型号的研制队伍是一个和谐的团队。

正是这种"人和"，创造了一个又一个令人赞叹的业绩，也为中国的气象卫星工程作出了重大贡献。

艰苦打造"长征-4乙"号火箭

2002年5月,即将发射的"风云-1"号D星比C星性能更好,卫星质量越好,对火箭的要求也越高。

"长4乙"火箭的零部件有10万多个,稍有不慎,便会功亏一篑,所以"长4乙"总师李相荣对火箭质量的追求几近苛刻。

严格的要求,换来的是优秀的质量,李相荣对"长4乙"充满信心。他介绍"长4乙"时说:

可靠性高,发射精度高,成本造价低,适应性强,能够在国内各个发射场发射各种用途的卫星。

"长征-4乙"号火箭连续4发成功,本身已是火箭高可靠性的明证。随着火箭进入发射场次数的增多,在靶场出现问题的个数也由当初的18个、7个,减至2个,这在长征系列火箭中也不多见。

"风云-1C"号星能够长期稳定地在天上运行并超期工作,"长征-4乙"号火箭的作用不可小觑。

由于"风云-1C"号星本身没有轨道修正能力,所以要实现良好的对地观测,靠的就是发射时的高精度入轨。风云卫星发射时要求偏差不超过5公里，而"长4乙"使其入轨偏差连1公里都不到。

由于"长4乙"火箭采用了先进的小平台技术，火箭适当调整"配置"便可发射多种卫星，所以它的适应性很强。不过，由于每次发射卫星的重量、体积、轨道、精度及入轨姿态要求不同，所以箭上控制系统网络、弹道计算、飞行程序、整流罩大小都要做相应的调整。

经过前3发的飞行试验，火箭所有的新技术均已经上天考核，为了确保此次飞行任务完满完成，总设计师李相荣率领自己的团队在提高火箭可靠性等方面又做了大量的工作。辛苦的打造，使"长4乙"火箭越来越向金牌火箭迈进。

李相荣研究员，是我国优秀的火箭工程专家及载人航天工程专家，1941年生于黑龙江省五常县，朝鲜族。

1964年，他毕业于北京工业学院，先后在原国防部五院一分院、七机部二院、上海新中华机器厂、八〇五所、上海航天技术研究院等单位工作。

1999年5月，身为"长征-4乙"号火箭总设计师、总指挥的李相荣带领着发射队员们，在基地完成了对"长征-4乙"号火箭的综合测试，火箭转场，准备发射中国"风云-1C"号星。

这时香港《大公报》刊登消息说，中国将在两天内发射卫星。此时他深感肩上责任的重大，他沉着应战，一言不发，在加注现场，关注着每个细节。

10日上午，火箭托着"风云–1C"号星，带着李相荣和队员们的"嘱托"，带着中国人民的志气，呼啸着直刺苍穹，它傲然地向世人宣告：

中国人民不可辱！

李相荣处处以身作则、率先垂范，大家都从心底里佩服他。1988年，正值"长征–4甲"号火箭发射"风云–1"号气象卫星，当庞大的火箭转场时，行进的山路上忽然下起了一场暴雨。

在这前不着村后不着店的山路上，大家拿出了事先准备好的雨布，从上到下把火箭箭体严严实实地遮盖起来。

因为火箭箭体上有许多电器插座，这些插座一旦漏进了雨水，绝缘性能就会大大下降，影响火箭的质量。为了不让狂风把雨布吹起，李相荣和大家一起站在猛烈的狂风暴雨中，死命地拽着雨布，不让它飘起。

有的同志索性爬到火箭的顶端，躺在上面用自己的身体死死压住雨布。

在这场特殊的战斗中，李相荣始终和普通的科技人员、技术工人一样，站在雨中，紧紧地拽住雨布，任这山区里冰凉的雨水把全身浇得湿淋淋的。

又有一次，火箭发射刚刚进入30分钟倒计时，指挥部忽然发出紧急警报，说是火箭上发现了异常情况。李相荣得知后二话没说，一口气冲上发射架，快步登上近10层楼高的箭体故障部位，凭着强烈的责任感和娴熟的操作技术，迅速地排除了故障。

由于在此之前他已经24小时没有合眼，再加上快步登高时的奔跑，李相荣回到地面后，突然感到胸闷异常。他的老毛病心脏病又复发了，于是他掏出了随身的麝香保心丸，可一不小心竟将整瓶药吞了下去。

发射成功后在庆功宴上，李相荣什么味觉都没了，啤酒也是水味，酱油也是水味。

后来李相荣被送到了医院，医生问，吃过什么药吗？他当时什么也想不起来，直摇头。直到洗衣服时，看到了装药的瓶子，他才想起自己曾吃过什么。

党的十六大召开前7天，李相荣他们要发射一颗卫星。上级领导为减轻他的压力，告诉他，如果没有成功的把握就推迟发射时间。

李相荣出于对中国航空航天技术水平的肯定和他领导的团队整体素质的信任，决定按时发射。在发射前的动员会上，李相荣用平静的口吻对大家说：

我和大家一样非常渴望成功，我们不能因为渴望而动作变形，我们要以平常心对待明天的发射，明天一定会成功。

卫星终于成功上天，从不掉眼泪的李相荣抱着同事哭了。如果你走近他、了解他，就会发现是火箭万分重要的特性造就了他的"严、细、慎、实"。

在技术阵地，产品设备恢复和系统测试时，哪里重要，哪里就有李相荣。他盯在一线现场，绝不放过任何一个疑点。

连接火箭的电缆就像生命线，不能有一根电缆是虚焊和错位的，在装配时他就严格要求，用放大镜对每根电缆100%地检查。

装配人员进入火箭舱内，他又一一叮嘱手电筒必须有带子连接在手上，绝不能跌落砸坏东西。火箭从技术阵地转到发射阵地，向发射塔吊装时，他始终在现场，一天下来脸都晒疼了，但他全然不顾。

火箭临发射前，他更加细心。他在发射塔下发现了一个操作差错，尽管及时纠正没有留下不良后果，但他一夜辗转未眠，直到举一反三，各岗位上的人员都真正重视了，他才放心。

有人说，"长征-4乙"号火箭技术上已经很成熟，发射成功肯定没问题。其实再成熟的技术，还必须靠万无一失细心操作去保证。

李相荣说，俄罗斯的联盟"U"型火箭发射失利，这是联盟火箭的第400次发射，像这样一个相当成熟的产品竟也会失利，而我国长征系列才连续发射成功了20多次，怎么可以掉以轻心。因此李相荣经常说：

任何松懈和倒退都是危险的。

一次，在对"长征－4乙"火箭部件检查时，他发现个别电缆插头脱线，有的则含有多余物，这些"小疵点"若在发射时造成短路就会酿成箭毁星亡的大祸！

李相荣闻讯后毫不手软地追查责任。当事故原因查明，是新老装配工人在交接中发生差错时，李相荣在狠狠地批评了他们之后，责令该班组立即停产整顿，以增强质量意识和管理水平。

担任插头焊接的一位女工被李相荣批评得直掉眼泪，但李相荣并没有心软下来，而是严肃地告诫他们，质量不相信眼泪，"长征－4乙"不相信眼泪。砸饭碗还是保饭碗，关键在你们身上。

尽管这样，他仍不肯善罢甘休，要求从管理、操作、交接手续及有关细则上找原因，进而建立健全的各项制度，同时还希望大家从中吸取教训、防微杜渐。

其实这个女工心里也明白，李总批评得有道理，航天技术，差之毫厘，失之千里。后来，她在上海航天局介绍经验时，题目便是"重压之下出质量"。

发射前做星箭总检查时，地面300多根电缆要与火箭联试，不能有一根电缆虚焊和错位，否则就很难判断到底是火箭的问题还是电缆的问题。

在装配走线时，李相荣问："是不是每根都用放大镜进行检查了？"队员说没有。李相荣立即大声说："不行，必须用放大镜对每根电缆插头做百分之百的检查!"

尽管"长征-4乙"号火箭被国防科工委授予了金奖,火箭在技术上已经很成熟,但作为总设计师和总指挥,李相荣自从承担任务以来,天天都如履薄冰。

李相荣凭着深厚的技术功底铸剑刺天,创造了一次次辉煌的业绩,单是他"领衔"打造的4枚"长征-4乙"号运载火箭,发发都漂亮地完成了使命。李相荣带队伍极其严格,队员们既怕他,又敬他、爱他。

一些曾经因设计或质量问题被李相荣"逮"着的队员说,李总抓工作简直"六亲不认"。听到这种评价,李相荣豁达地笑笑说:"我的性格是航天的重压给逼出来的。说来你可能不信,我在初中男班上学时外号竟是'女孩'。"

之所以从一个性格腼腆的"女孩"变成刚直不阿的"黑脸包公",李相荣坦言,如果他不严厉,对自己就不放心,连自己都不放心,火箭怎么能让别人放心?

李相荣严格的工作态度,最终成就了"长征-4乙"号这一金牌火箭。

发射"风云-1"号第四星

2002年5月15日凌晨,山西太原卫星发射中心大战将临,往日喧嚣繁忙的黄土高原反而忽然变得静谧起来,空气中弥散着一种静穆的气息。

这一次进行的又是一箭双星发射,人们对即将升天的"风云-1D"号星和我国第一颗海洋卫星充满期待。在群山环抱中的发射阵地,经过4个月的沉寂之后,期待着又一个激情的迸射。

"长征-4乙"号火箭托举着"风云-1D"号星和"海洋1号"卫星稳稳地端坐在发射塔上,整装待发。"长征-4乙"的顶部有一个"舱位",是实现卫星搭载的"襁褓"。

为适应"风云-1D"号星和"海洋1号"卫星发射的需要,此枚"长征-4乙"号火箭增加了第二有效载荷舱,用于双星发射时支持第一有效载荷并容纳第二有效载荷。

"风云-1D"号星置于直径2.9米、高4.908米的卫星整流罩内,"海洋1号"卫星在"风云-1D"号星下面,位于火箭第二有效载荷舱内。外面用整流罩保护,以使卫星免受气流冲刷,在火箭通过稠密大气层后,整流罩自动被抛掉。

发射就要开始了，高原天气变幻莫测，可是这会儿发射塔架上空却没有一丝云彩，为卫星发射打开了一扇明亮的窗口。巍然屹立的发射塔架，将"长征-4乙"号运载火箭紧紧地簇拥在自己强有力的臂膀里，仿佛在恋恋不舍地进行临别耳语。这是长征系列火箭第六十七次发射，也是太原卫星发射中心第十次以一箭双星的方式进行卫星发射。

7时50分，随着一号指挥员"各号注意！两小时准备"口令的下达，封闭的发射塔架上的一、三、四、五层回转平台徐徐打开。

在距发射塔架约50米远的一间平房里，技术人员将激光经纬仪镜头锁定在部分打开的八层东侧回转平台上的一个小"窗口"，对火箭实施精确瞄准，以便使火箭惯性坐标、发射坐标和箭体坐标三点合一。

40分钟准备时，火箭上的各种气管自动脱落，二、六、七、八、九层回转平台渐渐打开，"长征-4乙"乳白色的箭体展露出来，星箭组合体傲指苍穹。

25分钟过去了，两发绿色的信号弹从发射阵地打向天空，塔架和电源间的最后一批人员迅速撤离发射现场。10分钟后，两发红色信号弹掠过天际，此时距发射只有5分钟时间。

塔架100米外的地堡指挥大厅里，各系统的指挥员、设计师们坐在计算机或电视机前，目不转睛地紧盯着显示火箭和卫星各种技术状态和参数的屏幕。塔架上的摆杆已经摆开。

  1分钟准备！
  5、4、3、2、1！
  点火！
  起飞！

  扬声器里零号指挥员刚毅嘹亮的声音在空气中震荡。9时50分，高原山谷地动山摇，惊雷滚滚，浓浓的烟雾从塔架底部的导流槽向上升腾。"长征-4乙"号火箭喷射着一团橘红色的烈焰，向一个大力金刚一样托举着"风云""海洋"双星直刺苍穹……

  这时，一红一绿信号弹交织射向发射阵地上空，向人们表明点火起飞成功。20秒钟后，火箭开始拐弯飞行，在蓝色的天幕上画出一道美丽的弧线，向西南方向越飞越快、越飞越远。指挥大厅里不断传来控制系统、遥测系统等指挥员们洪亮、准确的报告声。各观测站及时报出"跟踪正常"的口令：

  一级发动机关机！
  抛整流罩！
  二级发动机关机……

  随着"长征-4乙"号火箭从太原基地发射后，一级飞行153秒后关机，分离后一子级坠落于西安市东南方约133公里处。一、二级分离后，二级主机工作122秒关机。二、三级分离后，三级飞行410秒后发动机关机。"风云－1D"号星在三级关机后55秒与火箭分离，进入高度为870公里、倾角为98.8度的太阳同步圆轨道。

这时指挥控制中心传出了"'风云－1D'号星分离"的喜讯。至风云卫星分离后36秒第二有效载荷舱分离，再过28秒"海洋1号"卫星分离。为消除三子级箭体在轨解体产生空间碎片的隐患，火箭离轨飞行后，共底贮箱内剩余推进剂将被全部排除。至"风云－1D"号星分离后230秒，三子级与两颗卫星之间的距离已达到一公里以上，火箭剩余燃烧剂和氧化剂开始排放。

几分钟后，西安卫星测控中心传来数据证实，两颗卫星相继进入预定轨道。"风云－1D"号星分离入轨后，3分钟便捕获地球，卫星建立了稳定的姿态，随即星上太阳能帆板打开，开始给卫星供电。

"海洋1号"卫星在"风云－1D"号星分离后63秒与"长征－4乙"号火箭分离，进入870公里的轨道。两秒钟后，初始目标捕获。100秒后，太阳能帆板打开，并指向太阳。30分钟后，动量轮自动启动，进入正常运行模式。此后，经过在太空中的7次机动变轨，"海洋1号卫星"进入798公里的准太阳同步轨道。

随着饱含航天人心血和汗水的我国第四颗极轨气象卫星"风云－1D"号星顺利升空，在浩瀚的宇宙中，呈现出"风云-1D"号星与C星双星辉映的美好景象。D星在性能方面已经达到世界先进水平，它的成功，为中国入主世界气象卫星大国"俱乐部"又添了一块重重的砝码。

另外，我国还有两颗地球同步轨道气象卫星"风云-2"号在天上运行。我国已成为继美国、俄罗斯之后第三个有两种气象卫星同时在太空运行的国家。

"风云-1D"号星是我国自行研制的第一代太阳同步轨道气象卫星的第四颗星。它由遥感、传输、数据收集、天线、结构、电源、测控、姿控、热控、星载计算机等10个分系统组成。卫星采用三轴稳定对地定向控制技术，设计寿命为两年。

"风云-1D"号星的主要任务是获取国内外大气、云、陆地、海洋资料，进行有关气象数据收集，用于天气预报、气候预测、自然灾害和全球环境监测，还可为卫星工程和空间环境研究提供监测数据。它不仅对气象预报意义重大，对研究我国乃至整个地球的气候变化也有重要的作用。

"发射获得圆满成功！"顿时，黄土高坡变成了一个欢乐的海洋，鞭炮齐鸣。

在指挥大厅、观礼台上、发射场区、黄土地里，欢呼跳跃的人们互相拥抱，互祝成功，长久的期待在此刻尽情地释放……

三、勇创辉煌

- 26岁的李卿在心里发誓说:"这一辈子,我只要做好一件事——为祖国造卫星。"

- 李卿毫不含糊地回答说:"不紧张,因为对卫星里外都了解,心里踏实。"

- 卫星行政总指挥徐博明自豪地说:"双星同时取图的做法,在世界上独一无二。这得益于研制单位和用户单位的共同努力。"

研制"风云-2"号静轨卫星

1997年6月10日,我国第一颗静止气象卫星"风云-2"号第一星A星在西昌卫星发射中心发射成功,6月17日在东经105度定点成功。

卫星总设计师李卿望着天空,长长地舒了一口气。

李卿与许多早先家境贫寒后来有出息的名人一样,也有一段艰难困苦难以忘怀的经历,他为中国的"风云"卫星付出了所有的精力。

小时候,李卿的家里很穷,大大小小6口人全靠他父亲每月60多元的工资糊口。

李卿在家中是老大,父母希望他中学毕业后找一份工作,尽早承担起家中生活的重任。

然而他太喜欢读书了,从小就立下了志愿,一定要考进大学,将来做一名科学家,这无疑是一个矛盾。

懂事的李卿除了课余时间尽力做好家务外,再有就是以良好的成绩感动父母,最终父母同意了他的选择。

喜欢数理化的李卿没有辜负父母和老师的期望,最终以优异的成绩考入了成都电讯工程学院无线电通信专业。这年李卿才16岁。

李卿大学读书期间第一年没回家,第二年省吃俭用才花18元钱买了张半票回家。

回到家时，家里人都认不出他了，身高1.7米的他瘦得连50公斤都不到。

不知是喜是悲，一家人拥着他抱头痛哭。

1965年，李卿作为品学兼优毕业生中的佼佼者被中科院看中，分配到地球物理研究所。

李卿很幸运，刚二十出头，就成为我国第一代研制卫星队伍中的一员。

1970年4月24日，是我国第一颗人造卫星发射成功的日子。

李卿当时虽然未在酒泉卫星发射中心目睹卫星发射时的壮景，但他却在海南卫星地面接收站参与了卫星的跟踪测试任务。

就在我国第一颗人造卫星成功发射欢庆之时，26岁的李卿在心里发誓说：

这一辈子，我只要做好一件事——为祖国造卫星。

从20世纪60年代中期从事卫星研制工作开始，李卿参加过我国早期多颗卫星的研制工作，后来他几乎全身心投入到了"风云–2"号卫星的研制中。

"风云–2"号卫星是地球静止轨道气象卫星，当时世界上有能力独立研制静止轨道气象卫星的国家屈指可数，其中就包括中国。与太阳同步极轨卫星相比，静止轨道卫星的技术难度和发射难度均要大得多。

因此,"风云-2"号卫星的研制历程一直坎坷不平,历经艰辛和磨难,有的科技人员甚至为之献出了宝贵的生命。

1975年10月,我国在极轨气象卫星研制初期,由中央气象局负责人邹竞蒙为团长的中国气象学会代表团在考察、访问美国气象卫星地面设施后,局领导就考虑我国静止气象卫星的发展和建设问题。

1980年6月,在上海召开的我国气象卫星发展规划讨论会上,将我国第一代静止气象卫星命名为"风云-2"号,代号为"FY-2"。

李卿开始投入到我国"风云-2"号卫星的研制中来。

在国家有关部门大力支持下,"风云-2"号气象卫星的研制工作进展比较顺利,1986年国务院正式批准"风云-2"号卫星的研制任务。

1988年,国家计委批准了国家气象局上报的"风云-2"号静止气象卫星地面系统工程项目建议书,纳入国家"七五"计划。

经过研制人员数年的努力拼搏,终于在1994年研制成功,并定于当年4月发射。

按照"风云-2"号卫星研制计划,中国气象局如期建成了"风云-2"号静止气象卫星应用系统。

按原计划,"风云-2"号系列第一颗卫星于1994年发射，然而天有不测风云，1994年4月2日，就在卫星全部测试快结束时，一件不幸的事情在西昌卫星发射中心技术厂房内发生了。卫星和厂房受损，不得不对这次发射计划作出调整。

那天，李卿正在仪器检测厂房与几位科技人员一起对卫星的技术状态做最后的测定，然后实施转场。

这时，突然发生了意外的事故，李卿也中毒受伤，但他一点儿都不气馁。

面对危急情况，科技人员都置生死于不顾，前赴后继。他们的心中只有卫星的安危。

看到卫星受损，许多科技人员都十分难过地流下了眼泪，李卿当时更是悲痛欲绝。

事故后，李卿住进了医院，在上海的妻子陈荷英要赶去看望并照顾他，李卿硬在电话里把妻子劝住，他对妻子说："你放心，我一切都好。我们不会做航天的逃兵。我们住医院的同志，正在一起分析事故，哪里跌倒，哪里站起来。"

当时李卿这样说：

> 我们要卧薪尝胆，我就不信气象卫星就让世界上个别超级大国把持着！

首战失利，并未挫伤李卿和同事们的锐气。伤未痊愈，李卿和部分科技人员就投入到寻找事故原因的紧张工作中去了。

经过数月的努力，他们终于找到了事故的原因，并着手制订了下一颗卫星的研制方案。

李卿他们从头做起，制定了一系列措施，严格控制原材料质量和每一道工艺、每一个焊接点，确保每一根管路接口的万无一失，同时加强对11个分系统、每一台星上产品、每一个电缆接头的严格检验测试，真正做到了严上加严、细上加细、一丝不苟，将所有的质量问题都按要求进行了严格归零。

卧薪尝胆，不负众望。3年后，"风云－2A"号星终于发射成功，成为我国第一颗在轨运行的静止轨道气象卫星，为国民经济的发展作出了贡献，并受到了国际气象组织的高度赞扬。

1965年，陆子礼大学毕业，被分配到当时的上海机电二局新江厂从事型号研制工作。工作最初的4年，陆子礼收获颇丰。

1969年10月，根据国家关于上海也要发展卫星的要求，陆子礼等十多人被抽调到机电一局，成为上海卫星研制队伍中最早的成员。

刚被抽调上来的时候，陆子礼觉得十分新鲜，虽然知道卫星是个什么东西，但如何研制卫星，头脑里却是一张白纸。

于是，十多人被派到北京学习，后来又从北京调来了孟执中等专家，由此建立了上海卫星研制的基本队伍。

1984年，陆子礼被提升为上海航天技术研究院五〇九所副所长，主要负责质量、工艺、人事、器材、技术、基础建设管理等方面的工作，几乎涵盖了单位管理的大部分。

1994年4月2日，凝聚着众多科技人员十多年心血的"风云-2"号第一颗星在西昌卫星发射中心进行发射前的最后测试时突然起火燃烧，造成了人员伤亡，这对五〇九所而言，无疑是一个灾难性的事件。

而同年11月，"东方红-3"号卫星发射后未进入预定轨道，加上1992年发射"澳星"失利和1995年初发射"亚太2号"卫星失利，整个中国航天陷入了低潮。

同时，伴随着市场经济的发展，"造导弹的不如卖茶叶蛋"的现象在一定程度上影响了科研人员的士气，航天队伍面临着前所未有的动荡。

正是在这个时候，陆子礼走上了五〇九所所长的岗位。一上任他就感到了压在身上的重担。

作为五〇九所的元老级航天人，他暗下决心，从哪里跌倒就从哪里爬起来，航天人绝不能趴下，一定要打一个漂亮的翻身仗。

当务之急就是要找准突破口，凝聚人心，振奋精神，将"风云-2"号第二颗星研制好。

他在上级领导的支持下，建立了卫星的设计指挥工作线，一个一个地找科研人员谈心、交流、沟通，消除他们的顾虑，鼓舞他们的士气。

他对大家说：

我们要正视现实，看到自己的优势，应该坚信"风云－2"号的总体方案是正确的，那么多的难关我们都攻克了，不能因为一起突发事故而中途夭折。

他还说：

我们要经常唱两首歌，即《国歌》和《国际歌》，我们现在到了最危险的时候，不能靠别人，只能靠自己，靠"风云－2"号卫星的成功来证明自己。

肼系统的焊接是"风云－2"号卫星研制中的难点，第一颗星的事故也正是主要由肼泄漏造成的。

他以这个为主攻点，成立了肼系统攻关小组，引进高压堵焊机、数控肼浓度监测仪等设备，推行严格有效的措施，并亲自指挥第二颗星的肼系统焊接工作，使几十条焊缝全部达到航天焊缝标准，创造了卫星肼管路焊接的新纪录。

他从严格质量管理出发，强调细节的处置，提出了"严肃认真、周到细致、强化法制、技术进步，追求百分之百成功"的质量方针和"工作零缺陷，星星保成功"

的质量目标。在他的带领下，所有科研人员严慎细实，在工作中精益求精。

在"风云－2"号第二颗星振动试验天线安装时，一个直径3毫米的螺钉连同平垫和弹簧垫圈不慎滑落下来，螺钉和平垫很快就被找到了，但弹簧垫圈却怎么也找不着。

陆子礼在得知有关情况后，立即下令停止所有安装测试和调试工作，全力以赴把垫圈找出来。

平时找一个直径3毫米的垫圈都不容易，何况是在几十台单机和成束的电缆中，周末连续两天加班，垫圈却始终不见踪影。

有人担心继续找会影响工作进度，何况还要进行振动和翻身，说不定到时候垫圈自己就掉出来了。

但是陆子礼却不同意，航天容不得半点马虎，垫圈虽小，但如果随卫星进了太空，在零重力的情况下，其破坏力不亚于一颗子弹，必须清除隐患。

在他的坚持下，第三天的上午，大家终于在一束电缆中找到了这个垫圈。

1997年6月10日，"风云－2A"号星顺利发射升空，经过5个多月的在轨测试，于12月1日正式交付用户使用。

专家评审认为：

"风云－2"号卫星达到了20世纪90年代

国际同类卫星的水平，这标志着我国气象卫星的研制水平跃上了一个新的台阶。

对此，党中央、国务院均予以了高度的赞扬和评价。李鹏在接见参加"风云-2"号卫星发射工作的有关人员时说：

你们没有辜负党和政府的殷切期望，没有辜负祖国和人民的重托。

"风云-2"号卫星的成功发射，被列为1997年我国十大科技进展第三位。

但是陆子礼并没有就此而止步，他认为"风云-2"号卫星的成功，只是在前进的道路上迈出了第一步，实现了零的突破，而更为重要的是要能在卫星研制领域中闯出自己的道路，开辟出自己的生存空间。

为此，他积极致力于卫星研制保障能力的研究，并成立工作小组制订了上海卫星工程研究所"九五"及后十年发展规划，将气象卫星等3个系列作为重点发展方向，同时对总体技术、型谱规划、条件保障、基础建设、工艺管理、人力资源等多个方面进行了详细的策划。

当时，所内的真空试验设备已经老化，无法满足"风云-2"号卫星真空热平衡试验的要求，不改造已无法使用；一旦进行改造，必须要在不到两年的时间内完成，否则便赶不上卫星出厂试验，而且改造后必须能满足卫星测试使用，否则后果不堪设想。

在时间紧、技术要求高的情况下，他和几名经验丰富的老职工带领一群年轻人义无反顾地挑起了重担，夜以继日，利用18个月的时间，顺利完成了真空设备的改造工作。

1999年5月，"风云–1C"号星成功发射，由此为上海航天长寿命、高可靠卫星的研制拉开了序幕。

因为工作上取得的突出成绩，这年，陆子礼被评为上海市劳动模范。

建立"风云-2"号地面站

作为世界气象组织的成员国，我国政府决定在研制极轨气象卫星的同时，也开展静止轨道气象卫星的研制，以建立我国的气象卫星体系。

而静止轨道气象卫星必须依赖大型地面站，才能开展天与地的对话。否则，将无法发挥作用。

当时这种规模的地面站只有美国、苏联和日本有，但中国人要搞。

1988年，"风云-2"号气象卫星研制工作开始正式启动。同时，"风云-2"号卫星地面站的研制工作也被提上了日程。国家有关部门决定，在北京市海淀区东北旺建立一座大型地面站。

这座地面站作为国家气象卫星中心卫星应用体系的重要组成部分，它与数据处理中心、系统运行控制中心、设在北京的主测距站以及设在广州、乌鲁木齐和澳大利亚的3个副站，与设在全国的上千个数据收集平台、中型资料利用站等系统组成了我国的气象卫星应用体系。

但要建设这样一个大型地面站也绝非易事，有关部门就人选问题考虑再三，最终确定由经历丰富、成果丰硕的我国著名卫星应用专家童铠出任总设计师。

由童铠担纲大型地面站的研制，是当之无愧的，也使童铠的同事们在创造世界一流、亚洲第一的征程中，平添了许多信心。

童铠于1931年出生在长江转弯的北边小城泰州。他兄弟5个，6岁的时候，父亲不幸去世。童铠排行最小，哥哥们省吃俭用，供他上学。

1946年，童铠去了苏州，开始了职业高中生涯，学的是电机和无线电专业，他的理想是当一名机电专家。

新中国成立后，童铠进入山东大学电机系电信组，毕业后留校任教。

1953年9月，童铠幸运地走进留苏预备部。两年后正式进入苏联列宁格勒电信学院学习。

1959年初，童铠参加了研究生毕业论文答辩。当他答辩结束后，他的以严厉出名的导师激动地走上前，动情地说："在我们这里，13是个不吉利的数字，你是我第13个研究生，可是，你也是最好的一个，你为我赢得了骄傲。"

说罢，导师紧紧地搂着他，久久不愿放开。

回国后，童铠被分配到国防部五院工作，工作还没开始，他就被借调到西安军事电子工程学院担任教学任务。

在学校里，他当上了学校新建的微波多路通信教研室的负责人，不久又被调回国防部五院任十二所无线制导总体室副主任，主持洲际导弹无线制导的总体方案工作。

1978年春天，是祖国的春天，是科学的春天，也是童铠人生中的又一个春天，在这个春天里，童铠喜事不断。他主持研制的某型雷达获全国科学大会重大科技成果奖，并且他还当上了北京市的人大代表。

20世纪80年代，童铠走进被命名为"450工程"的办公室，升任为副主任，并兼"450工程"副总设计师，协助著名航天专家任新民、陈芳允等做系统总体工作。

夜以继日的连续作战，使童铠大病一场，差点失去生命。然而，他坚持了下来，并且出色地完成了任务。他也因此升任为卫星总设计师。

从此，他开始向人生的更高处攀登。

1988年，童铠众望所归，成为"风云-2"号卫星指令与数据获取站总设计师。

童铠和同事们从接受任务的那一刻就明白，他们所面对的完全是一个陌生的世界。

然而，卫星已经上马，不能没有地面站，在此时向国外伸手买一个，当然比较省劲，又不担风险。

可是，钱呢？钱在哪里？那昂贵的外汇让你听而生畏。为国争光的强烈使命感逼迫他们负重上路了。

气象卫星在天上以每分钟100圈的速度运转，以保持稳定，只有0.6秒对准地球由东向西扫描。

每次扫描形成一条线，每幅圆盘图由2500条线组成，每条扫描线在星上变成高速数据码传到地面数据获取站，再由数据获取站中同步数据缓冲设备配准展宽形成圆盘图。

同步数据缓冲器是地面站的关键设备，没有它就好像人类没有心脏。

据了解，这种设备只有美国才有。童铠他们面临着3条路：一是向国外学习研制技术，二是花钱买一套设备，三是自己干。

问题是这种顶尖技术，人家是保密的。

你要花钱买，他就漫天要价，童铠他们算了一笔账，如果按对方提出的价格，国家下拨的全套设备的钱，只够买一套同步数据缓冲器。

这些路不通，所剩的只有一条路：

自己干！外国人能干的事，中国人也能干！

话好说，可干起来就不是那么简单。在起步之初，面对这样一个庞大、复杂、要求很高的系统，一些关键技术工作的机理不清，缺少技术储备，研制周期又很紧，而数据获取站要用的大功率管国内才刚刚开始试制。显然，摆在各分系统设计师面前的是一个又一个难题，而童铠所面临的是所有难题。

领导不仅在于能亲自解决某个具体问题，更在于能为下属提出解决问题的方法和思路。

作为一个技术尖子和将帅之才，童铠就是这样的人。每当攻关受阻时，自然下边把问题都交到他那里。

每当这个时候，他都深入现场听情况，看现象，查数据，然后，提出解决问题的思路。

在进行星地对接试验时，遥控指令出现大、小回路随机误码或错码现象，这是关系到卫星是否能生存和正常工作的大问题。

尽管主管设计师费尽千辛万苦，但仍找不出故障点，童铠得知这一问题后，建议他们用逻辑分析仪查看输出波形，并同设计师们连续两天目不转睛地盯着显示屏，捕捉微小的异常变化，最后终于准确判明了故障，修改了软件程序，使这一困扰研制人员的难题得到了解决。

按设计要求，测距零值突跳精度不能大于15米，然而，在测试中不听话的仪器常常是一跳就是20到30米，原因何在？设计师们百思不得其解。

问题自然要报到童铠那里。得知这一情况后，童铠一遍又一遍地在机房里转着，童铠起先是建议绕过校零环进行测试，结果发现，是校零环出了毛病。

怎样排除这一故障，他建议取消其中的3个滤波器，这样一来，测试精度果然达到了要求。

从1993年6月开始，地面站在多次进行星地对接和应用系统联试以来，先后出现技术难点上百个，凡是解决关键问题都离不开他。

同事们都说，没有童总，就没有地面站的今天。在他身上体现了中国知识分子锲而不舍的性格，这就是一个人在一项国家级工程中的价值。

在工作中，童铠向来以严著称。不善言辞，作风严谨，是他留给人们的印象。

1993年5月，地面站工程进入了最后阶段，在进行频率综合器验收时，屏幕上显示出的几个点频数据处于临界状态。

按说，这种情况是可以放过去的，更何况用户也没有提出什么疑义，究竟怎么办，大家说法不一，人们的目光一下子都投向了童铠。

作为一个老航天人，童铠深知在5年的时间里这台仪器耗去了多少人的精力和心血，能走到今天已实属不易，可是他更知道地面站精度的高低，代表的不是他们个人，而是代表一个国家。他们要用事实向全世界宣告，中国人不仅能建成地面站，更能建好地面站。

想到这里，童铠毫不犹豫地说：

临界说明还有问题，只有最大限度的高精度，才能保证第一流水平地面站，我的意思是重新返工。

这掷地有声的话语，带来的不仅是辛劳，是心力交瘁，当然还有一个世界一流水平地面站的诞生。

时间对于一个科研课题来讲，代表的是速度。在地面站攻关最为紧张的阶段，童铠的时间表常常不是以星期或天为单位的，而是以小时，这个时间表没有白天黑夜，也没有星期天和节假日。在紧张的工作现场忙碌了一天的童铠回到家里，常常又是重新工作的开始，他就像一台上足了发条的机器，总是在不知疲倦地默默工作着。

地面站技术攻关初期，研制工作遇到了同步数据缓冲器数字锁相环无法锁住的问题，他连续观察了几天故障现象后，踩着夜色捧着一摞资料回到家中。

当东方露出一抹晨曦的时候，一夜未合眼的童铠硬是赶在上班前拿出两页纸，上面记着蚂蚁大小密密麻麻的有关推算公式和数据方法，分管设计师按照他的指点，不出3天，问题就迎刃而解。

功夫不负有心人，地面站终于建成了。新的地面站创下了诸多纪录。它是国内第一套大功率S波段天线发射系统，它首次采用对卫星3点测距定位方式，它在国内首次建立数据收集平台系统等。

1997年10月27日，在著名专家王大珩的主持下，国内一批享有盛名的光学、电子和卫星专家云集北京。由中国航天工业总公司主持的"风云-2"号气象卫星指令与数据获取站部级鉴定仪式在这里举行。

作为数据获取站的用户，国家气象中心总工程师许建民先生说，数据获取站已成功地完成了对卫星的在轨测试，其结果表明，数据获取站全部功能正常，各项技术指标均超过气象局原定的技术指标，星地匹配良好，信道指标全面优于日本GMS卫星系统，全站高度自动化运行,并与卫星运控中心、数据处理中心匹配良好,运行协调正常。

10月27日12时,当鉴定会即将结束时,一位白发老人开始了他的总结性发言,他就是我国光学泰斗、著名专家王大珩院士。他说:

  今天,我特别高兴,因为刚才评审的这个高科技工程是我们国家自己研究成功的,它取得了辉煌的成就,所以我感到非常的自豪。

发射"风云-2"号气象卫星

1997年6月8日,在"风云-2"号气象卫星发射前,任卫星总指挥的施金苗从衣袋里拿出了两颗麝香保心丸吞了下去,他的心没法平静。卫星腾空而起,成功了!这次成功来得多么不易。

3年前,第一颗"风云-2"号卫星未升空即遭灭顶厄运。

这时,58岁的施金苗被推上了"风云-2"号总指挥的位置。

知情人曾对他"力谏",劝他不要冒这么大的风险,别在晚年砸了自己的"牌子"。

施金苗当然知道其中的风险,但凭着他对航天事业的责任感,他毅然挑起了这副沉甸甸的担子……

施金苗是我国著名航天科学家,宁波慈溪人。1957年,21岁的施金苗叩开了北京航空学院的大门,就读导弹设计专业。

1962年他大学毕业后,来到了上海新江机器厂从事航天产品设计工作。

投身航天的他面对的是许多具体设计任务,现实与遨游太空的梦想离得很远,但渴望飞天圆梦的心依旧是那么强烈。

20世纪60年代末，30岁刚出头的施金苗就担任了当时国内最大推力的火箭"风暴1号"总体设计的技术负责人。

"长征-3"号火箭上马后，上海航天承担该火箭一、二级的研制任务，他不仅挑起了总体设计的担子，还被任命为副总指挥。

"长征-4"号火箭作为当时国内首枚使用常规燃料的三级火箭，由上海航天抓总，他出任总指挥。

以后，施金苗又被任命为"长征-2丁"号火箭总指挥。

在多型号研制中，上海航天在战术导弹研制方面出现了薄弱环节。

于是，在某肩扛式火箭定型的关键时刻，施金苗到了总指挥的岗位上。

20世纪80年代末，为协调与在上海地区研制生产的"风云-1"号气象卫星的关系，施金苗被任命为"风云-1"号副总指挥。

1994年，"风云-2"号气象卫星在发射场遇到突发事故，导致研制工作受阻，这时施金苗又受命于危难，出任总指挥。

施金苗每承担一个新型号，对他来说就是一次人生的挑战和对自我的超越。

施金苗毕竟是出色的，也有人说他是"福将"。因为在他担任每一个型号产品"老总"期间，上苍总是特别青睐他，每一次都把成功赐给他。

施金苗接任"风云–2"号第二气象卫星的总指挥时，第一颗"风云–2"号卫星刚在西昌发射中心技术厂房里爆炸不久，不少人还心有余悸。

几十年来，施金苗一直搞的是导弹和火箭，指挥搞卫星毕竟还是让人担心的事。但最终他毅然带领队伍奋战多年，并将"风云–2A"号星圆满地发射到了赤道上空，打了一场翻身仗。

研制"风云-2"号第二星

2000年10月3日，正是我国成功发射的"风云-2B"号升空100天。56岁的卫星总设计师李卿高兴地说："卫星运转一切正常。"

对于从事多年卫星工作的李卿来说，卫星质量的重要性是不言而喻的。他常对科技人员说，卫星是一件很娇贵的产品，我们要像对待人的眼睛一样对待它。

职业的习惯和高度的责任心，使得李卿到生产现场时随身总是带着一只高倍率的放大镜，对不放心的地方总是要仔细照一照。在他心中，卫星几乎是他思考问题的全部，他对卫星超"敏感"。

有一次他到卫星总装车间看试验，别人没看见，他一眼就瞅到在一细纹接口处有个金属多余物。于是，他拿出放大镜一照，果然有一个两毫米长的金属多余物。职工们服服帖帖，背后还给李卿起了个"放大镜"的绰号。

对此李卿可不在乎，放大镜有什么不好？对待质量问题就是要有一股放大镜的精神，把小小的问题放得大一点，就是要小题大做。一个不起眼的金属多余物，可能会造成整个卫星上天后"短路"；一个焊点没焊好，可能就会造成卫星发射失败、运转失效。

于是要彻底查清这个金属多余物是什么时候掉落的？怎么掉落的？是什么材料？如何保证以后不发生同样的问题？不但要查清，还要写成书面报告，质量整改全"归零"。

因为他太认真，有时为了质量问题会得罪人。但李卿却很坦然，在这方面他没有半点私利，纯粹是为了产品的高质量。事后当事人理解了，一切前嫌尽释。

有些质量问题是低层次的、人为的，解决起来比较容易。而有些质量问题在技术上较深奥，或者说暂时还未被人们所认识，这样的问题要排除难度就很大。

2000年，"风云-2"号在发射前不久的成像试验过程中，出现了噪声，图片上呈现不正常的"雪花状"。对气象卫星来说，云图的质量是最重要的。

为了弄清这一质量问题的来龙去脉，李卿和科技人员一起苦苦思索，亲手绘制了"故障树"，排列出顶事件、底事件，直至寻到"树"的根部，然后通过对每一个事件的详尽分析，剔除枝枝蔓蔓，透过现象看本质，最终找到了出问题的元器件。故障查出，更换有关单机，故障立除。

有人还不放心，要知道，上了天的卫星是嫁出去的女儿泼出去的水，再出"状况"，也收不回了。作为总设计师的李卿拍板：没问题。实践证明，卫星上天后的效果和发回的各项云图，效果都非常好。

严格的要求，换来的是可靠的质量。当有人问李卿卫星发射时，紧张不紧张？李卿毫不含糊地回答说：

  不紧张，因为对卫星里外都了解，心里踏实。

为中国"风云"卫星作出重大贡献的李卿这样自我评价：30多年为国家航天事业做了一点点事，活得还充实；航天人天南地北，大山戈壁，苦一点，累一点，但想到是为祖国的强大和尊严而"战斗"，就会觉得得到的比失去的多；对自己的工作，自然有很不满意的地方，有的地方做得不够好，但却一直在努力着，就此心宽。李卿提到自己的未来时说：

  今后永远不能停下来。停下就落后，要更努力啊！

研制"风云-2"号第三星

"一次成功,稳定运行,三年寿命"是"风云-2C"号星的质量目标,虽然只有12个字,但字字重如千斤,因为"风云-2C"号星已没有退路,只能成功。

作为卫星研制总体单位,科技集团公司八院认真回顾总结了"风云-2"号前3颗星在研制过程中存在的问题。

"风云-2"号总设计师李卿说,为了保证C星的成功,八院首先在质量与管理上狠下功夫,制定了管理、元器件选用、可靠性技术等方面的大量文件,并将这些文件汇集成厚厚的一本书,作为C星研制生产的执法准则。两总和管理人员跑遍全国所有分系统单位,宣传这本书的内容,让所有分系统都深入了解这本书,全面掌握书中的各项规章。

为了确保成功,八院从源头抓起,对每一个更改点都进行了反复的论证和充分的试验验证。

同时,两总狠抓元器件的管理,增加了老练等试验项目。C星的技术控制与各方面的管理格外严格,研制中遇到问题都要反复地进行检验、测试,为的是不带问题出厂,不带疑点发射,不带隐患上天。

"风云-2C"号星研制队是一个大协作的集体。卫星任务由航天科技集团公司八院抓总，11个分系统分别由八院、五院、四院、时代电子公司和中科院上海技术物理所、空间中心、中电集团十八所等几十家单位组成的"国家队"联合研制完成。

"国家队"的成员单位虽然分布在北京、上海、天津、西安、烟台等地，但在研制上却保持了高度的步调一致。管理"国家队"首先需要有各项制度作为保障，尤其对产品的质量控制，更是要有相应的标准把关，确保产品性能达到要求。

其次还要不断加强总体与各单位之间的沟通、协调与联系，促进各分系统之间的合作，提高透明度。遇到难题和故障时，成立专题攻关小组，严格执行航天科技集团公司质量规章制度，共同攻克难关。

9月初，卫星发射队进入西昌卫星发射中心，开始为"风云-2C"号星发射做最后的准备工作。

绵绵阴雨中，卫星专列抵达了车站，队员们不顾疲劳冒雨卸车，一干就是几个小时。在阴冷的天气里，大多数人浑身上下都被汗水和雨水全部浸透。

卫星上用的蓄电池从火车的特制冰柜里取出后，外壳就开始出汗，再加上裹着聚乙烯薄膜，又冷又湿又滑。队员们像对待酣睡的婴儿一样，小心翼翼地将它运到技术区厂房。

蓄电池的主要作用是在卫星得不到太阳光照时，给卫星提供充足的能源，使之继续正常工作。

由于蓄电池在进入发射中心前的几个月，都是在冰柜里储存的，需要对它进行连续3天不间断的活化处理。为了唤醒"沉睡"的蓄电池，几名队员昼夜轮流倒班，一刻不离地细心照料。经过3天的活化充电，蓄电池测试数据完全达到了设计要求。

为了给"风云-2C"号星让出位置，B星必须从东经105度漂移到123.5度的备用位置继续工作。

漂星工作于8月底在西安卫星测控中心开始，由于B星已经在轨工作4年多，燃料所剩无几。B星漂到一半时，燃料告急，如果停在半路，就将成为太空垃圾。

卫星测控人员精心操作，采取措施，使卫星继续沿预定轨道漂移。

B星经过12天的漂移，已经漂到东经123度，离新的位置只有一天的路程。这时B星必须"刹车"，否则就会漂离预定位置。由于燃料不充足，刹车同样困难。

有关专家和技术人员讨论刹车方案到半夜。经过缜密的审议，测控人员按照方案，高水平操作，使卫星的刹车定位非常准确，而且还节约了不少燃料。剩下的燃料还可使卫星工作一年，延长了B星的寿命，为国家节约了一笔经费。

到达西昌卫星发射中心后，卫星发射队提出了"吃透技术，严慎细实，万无一失"的工作主题。

同时两总还对发射队员提出了具体要求，坚决杜绝一切人为事故，杜绝一切误操作、误动作，做到"每个岗位是保证，每个动作是精品"。

实现"组织指挥零失误，装调操作零差错，设备仪器零故障，质量管理零缺陷"。

对此，发射队员精神状态良好，信心十足。

发射队严格按照技术流程的要求，认真完成每一项工作，没有一天耽误进度。所有测试数据稳定性、一致性良好。

卫星在出厂后，质量复查非常有效，出现的问题逐一得到了落实。C星上天前，就已经获得国家卫星气象中心专家的好评。

"长3甲"护送"风云-2"号上天

金秋10月,西昌卫星发射中心在五彩叠翠的群山环抱中流淌着欢声笑语。

2004年10月19日,西昌卫星发射中心伴随着"长征-3甲"号火箭的阵阵轰鸣,坐落在火箭顶端的骄子,"风云-2C"号气象卫星,担负着国家的使命,承载着众人的希望,与火箭一起直奔赤道上空3.6万公里的地球静止轨道。

这是我国发射成功的第三颗"风云-2"号气象卫星,也是该型号的第一颗正式业务星。

目睹着卫星升空而去,卫星总设计师李卿并没有如释重负。因为进入太空还有许多程序,25分钟后星箭分离,卫星进入转移轨道。一天后,卫星上的远地点发动机进行点火,推进卫星进入准同步轨道。然后经过3天左右的地面控制和漂移,卫星最终定点于东经105度赤道上空。这还不算,只有卫星发回清晰的云图,才算发射获得了初步成功。

令人欣慰的是,对于"风云-2C"号星来说,这一系列动作都做得非常完美。在卫星发回清晰云图的那天,李卿总算美美地睡了一觉。

2005年6月1日,"风云-2C"号第三星投入业务运行。从 2005 年 6 月 15 日起,"风云 – 2C"号星陆续发回降水、云迹风等信息,加强了对台风、降水、火情、干旱、雾、雪、冰等监测,确保在汛期和常年的气象服务中发挥更大效益。

从此,我国成为世界上同时拥有静止和极轨气象卫星的极少数国家之一。我国"风云"气象卫星成功运行,被世界气象组织列入全球对地综合观测卫星业务系列,成为世界气象卫星观测网的一个成员。

对我国来说,从此结束了我国只能从地面观测天气的历史。

特别是"风云 – 2"号投入业务运行后,每半小时可以提供一次以我国为中心的,包括印度洋、西太平洋和周边地区以及人烟稀少的沙漠、高原的大范围的气象资料以及其他陆地、海洋、植被等环境监测资料,对影响我国的天气系统变化和环境变化尽收眼底,在天气、气候、自然灾害监测、生态环境监测、海洋和军事等领域,发挥了重要作用。

此外,气象卫星还可对空间环境进行监测。2002 年 7 月 1 日,中国气象局正式建立了国家空间天气监测预警中心,向社会发布空间天气逐日预报、周报、月报及重大空间天气事件和空间环境灾害警报,标志着我国国家级空间天气业务正式开始了。

在"风云 – 2C"号星上,数以千计的科研人员倾注了大量心血,进行了 300 多项技术状态更改,为卫星性能和可靠性的提高奠定了坚实的基础。

"风云-2C"号星在"风云-2B"号星研制的基础上，从技术上共进行了300余项技术更改，经过4年的研制，获得了四大优势。

一是C星的扫描辐射计实现升级换代，由3通道增至5通道，扩大了卫星的应用领域，可以更准确及时地探测地表、海洋、云层等的温度以及降水状况，更准确地监测台风、暴雨、冰雪、洪水、干旱、森林、草场火情以及沙尘暴，更有效地实现天气预报和防灾减灾的功能。

二是电源系统电池能量增大，由B星的17安时增至30安时，可以使卫星在进出地影时不关机，不仅大大简化了进出地影的管理，而且增强了卫星的安全性和可靠性。

三是转发器、肼系统等其他分系统在技术上都比A星和B星有较大的提高与完善，安全性和可靠性有了新的提高。

四是发射使用的运载火箭，由"长征-3"号火箭改为"长征-3甲"号火箭，增加了推力。

"长征-3甲"号火箭第九次笑傲长天，成功地将"风云-2C"号星送入预定轨道，再次创造了举世瞩目的辉煌。"长3甲"火箭研制队伍以其先进的设计思想、有效的质量控制、严谨的工作作风，显示了其非凡的实力。

作为"长3甲"火箭的元老，原"长3甲"火箭总设计师、总指挥龙乐豪对火箭各个系统甚至各个零件都了如指掌。1986年2月,"长3甲"系列火箭正式立项,那时,龙乐豪就挑起总设计师、总指挥的重担。他和设计人员一起,以系列化、通用化、组合化为原则,在设计理念上进行了大胆创新。龙乐豪认为,"长3甲"火箭之所以能够取得九连胜的业绩,很重要的一方面就是在研制时打下了坚实的基础。

"长3甲"火箭的整体设计力求高起点。控制系统经过精心设计,设备数量由"长征-3"号火箭的近70台,减少到近30台,从而大大简化了系统,提高了可靠性。

"长3甲"火箭在技术上实现了多项突破。主要包括大幅度提高有效载荷能力,采用了低温高能的氢氧液体推进剂,第一次采用四框架平台设计等。现任"长3甲"总设计师贺祖明就是当时的总体设计负责人之一。

龙乐豪经过仔细调研国内外资料,提出了利用四框架平台取代现有火箭三轴平台的设计方案。由于这个方案设计难度比较大,一些专家曾对此表示质疑。

当时,一院十三所的技术人员以严谨务实的态度,经过艰苦努力攻克了这一技术难关。

伴随火箭技术的不断进步,"长3甲"火箭紧跟技术发展步伐,不断完善自我。从1998年开始,火箭逐渐为分系统加入冗余保障,第九发火箭上的关键系统已实现了主从冗余。

1999年,航天科技集团公司决定以性能更好、运载能力更高的"长征-3甲"号火箭，替代"长征-3"号火箭发射"风云-2C"号星。

尽管有过8次成功发射经验的积累，但对于第九次发射，整个发射队没有丝毫的懈怠。

9月初，火箭发射队抵达西昌卫星发射中心。结合"长3甲"第九发火箭的情况，发射队下发了相应的发射质量控制措施，确定了确保发射圆满成功的任务目标和"操作零失误，现场零事故，产品零缺陷，飞行零故障"的质量目标。

为了确保火箭发射成功，航天科技集团公司总经理张庆伟提出了"更严、更慎、更细、更实"的质量要求，发射队将其落实到每一名队员的每一项工作中。

9月底，二一一厂七车间检验员陆润芳在技术区对"长3甲"火箭的二、三级分离爆炸螺栓进行检查时发现，一处电缆分支插头的第四插孔中的金属件缺少一截。陆润芳检测的插头共有46个，而缺少的金属片只有5毫米长短，如果他检查稍有疏忽，这样的细节就会被遗漏。

发射队高度评价了陆润芳一丝不苟的工作态度，不仅进行了通报表扬，还奖励了他500元。

在"长3甲"发射队中，有八分之一的队员是年近六十的老同志，总师贺祖明就是其中经验丰富的老专家。他经常教育年轻队员对待工作要细心、小心，还要充满责任心。老同志特有的无私奉献、高度负责的优良传统在发射队发扬光大，使年轻人快速走向成熟。

在"长3甲"火箭出场之前,一些队员赶赴国外参加一项试验。试验过后,他们本可以在国外多留几天,但所有队员都舍弃了浏览异域风光的难得机会,不辞辛劳回到西昌卫星发射中心。

十二所的高晓颖在工作中突发腹痛,医生诊断为急性阑尾炎,要求立刻住院手术。但高晓颖放不下工作,坚持在当地医院做了手术。病床上他还对工作念念不忘,刀口还没拆线,就跑回岗位开始工作。

对工作的责任感,使火箭发射队成为一支特别能战斗的队伍。终于,在他们的共同努力下,把我国第一颗业务型地球静止轨道气象卫星送入了轨道。

"风云-2C"号星成功运行后,将在天气预报、气候预测、气象科学研究、生态环境与自然灾害监测等方面为国家带来巨大的效益。

气象卫星工程的效益,无论是对国民经济建设、国防建设,还是对减少人民生命财产损失都是显著的。随着我国国民经济总产值的提高,这个效益还将增长。

发射"风云-2"号第五星

2008年12月23日,已是岁末。正当人们开始忙着盘点这不平凡的一年时,大凉山深处的西昌卫星发射中心传来轰鸣声,在"金牌火箭""长征-3甲"号的护送下,我国自主研制的第三颗业务型静止轨道气象卫星"风云-2E"号星精确入轨,为中国航天科技集团公司本年度的宇航发射任务画上了圆满的句号。

此次升空的E星将与正在运行的C星、D星形成三星同耀九天的壮丽景象。这也使得"风云-2"号卫星眼界大开,可以观测到东太平洋以西、东欧和中非以东的广大区域,给我国天气趋势和灾害天气预报带来了新的福音。

"风云-2E"号星虽然个头不大,却很漂亮,尤其是顶部的天线,远远看去,如同水晶一般。在圆柱形的身段上套着红色的"外衣",显得恬静端庄。

卫星总设计师李卿说,"风云-2E"号星采用双同心圆筒式结构,内筒为承力筒,外筒为上、下太阳能电池壳,中间用腰带联结,外部敷贴太阳能电池片。

自1997年以来,我国先后成功发射了5颗静止轨道气象卫星,分别为"风云-2"号A、B、C、D、E。其中,A、B星为试用星,C、D、E星为业务星。

A、B 星上天后不久，就出现了问题，只能间歇地工作。虽然在气象业务应用上没有达到预期效果，但它们验证了卫星的设计方案，为 C 星成功地运行奠定了重要的技术基础。

　　2004 年 10 月，做了 256 项技术改进的 C 星发射成功，很快便投入业务运行。4 年多来，C 星运行稳定，屡立战功。2006 年 12 月，肩负"双星运行、互为备份"的 D 星升空后，C、D 双星增加了汛期观测密度，使云图的时间分辨率从原来的 60 分钟缩短到 15 分钟。卫星行政总指挥徐博明自豪地说：

　　　　双星同时取图的做法，在世界上独一无二。
　　　　这得益于研制单位和用户单位的共同努力。

　　"风云-2"号 C、D 星的性能、指标和遥测参数都非常良好。在它们共同运行期间，业务运行成功率一直保持在 99% 以上，被称为"天地一体化的楷模、地面应用系统的典范"。

　　"风云-2"号卫星的设计寿命是 3 年，已经超期服役的 C 星，随着燃料的逐渐耗尽，在 2009 年汛期后失去功效，E 星升空就是为了接替它，和 D 星互为备份。不过，本着精益求精的设计态度，研制人员对 E 星做了很多改进，使其观测性能更加完善。由于卫星携带的扫描辐射计口径达 410 毫米，当卫星与太阳处在特殊角度时，容易产生杂散光干扰现象，使云图仿佛蒙上了一层雾，影响观测数据的应用。为此，在 E 星研制中，研制人员便在探测器前面加上了类似镜头遮光罩作用的部件，抑制杂散辐射对图像的干扰。

研制人员还发现，在 3.6 万公里的地球静止轨道上，容易积累静电。如果处理不好，局部放电将产生复杂的干扰脉冲，影响到云图质量。此外，卫星天线要和地球保持相对稳定的状态，局部释放的静电容易使其产生故障，影响信号质量和图像输出。为此，E 星加强了卫星电磁兼容性方面的设计，并采取了相应的防静电措施。

从 D 星开始，卫星研制团队提出了"一次成功、稳定运行、三年寿命、优于 C 星"的质量目标，并一直沿用到 E 星。在气象卫星研制领域奋斗了近 30 年的李卿说，这一目标，是在惨痛的失败中诞生的。

1994 年，李卿他们带着"风云-2"号第一星满怀信心地来到了西昌卫星发射中心。然而，在最后一次测试时，却发生了意外事故，损失惨重。

1997 年"风云-2"号 A 星升空，2000 年 B 星升空。虽然这两颗卫星在天上的时间很长，但是都没有达到 3 年正常运行的寿命要求。直到 C 星，研制队伍才真正打了一个"翻身仗"。在信心倍增的同时，两总对质量的要求也越来越严格。在卫星出厂之前，卫星总体就进行了严格的质量控制。他们坚信，产品的根本质量在出厂时就已经决定了。

五〇二所研制的加速度计，对稳定卫星的姿态至关重要。当年 6 月，加速度计在一个偶然的角度出现了震荡。这一不易察觉的现象被五〇二所抓住了。该所花了近 4 个月的时间，才将故障彻底排除。虽然卫星的总进度因此有所推迟，但这种工作态度却得到了总指挥徐博明的多次表扬。

除了充分的地面试验，在卫星出厂前，研制人员还保证了 1000 小时的整星加电时间。徐博明说："这样做的目的是让卫星在地面充分老练，尽可能地暴露问题。"

1000 小时只是一个经验数据，其科学性还有待于进一步探索，但两总认为，地面充分加电绝对必要。从 C 星开始，整星地面加电时间必须达到 1000 小时开始成为"风云-2"号研制队伍的必修课。

不过，只有一支队伍，要执行完 1000 小时的加电时间、20 天左右的真空热试验和 240 小时的整星连续加电老练，谈何容易。24 小时轮流倒班，其过程十分艰苦。尽管大家开始时对这种工作方法不太习惯，但还是都坚持了下来。

此外，从 C 星开始，卫星队伍有了一个很好的做法，即必须多方比对在厂房和卫星发射中心测试所得的数据。这种做法源于 B 星深刻的教训。

当时，B 星在厂房测试时，已经发现转发器某个遥测数据存在异常现象，但没有引起足够的重视。结果，B 星在天上运行 8 个月后，星上的主备份传感器相继出现故障，卫星不能连续稳定工作。正是通过这一教训，让两总系统深刻地认识到，"不带任何问题上天"绝不只是一句口号，而是要在工作中必须认真执行的"天条"。

从此以后，"风云-2"号卫星的研制人员对星上每一个参数的稳定性都很看重，要进行各种参数稳定性和一致性的比对工作。

2008年11月10日，卫星发射试验队抵达西昌卫星发射中心。

两总首先对试验队员们开展思想教育。恰逢国家召开了"神舟七号"载人航天飞行任务表彰大会。会上，胡锦涛提出的"精心组织、精心指挥、精心实施、确保成功、确保万无一失"的要求，让试验队感同身受。同时，集团公司下发了有关文件，分析了当前的质量形势，并提出了一系列具体措施。这对C星、D星取得大捷的"风云-2"号卫星队伍有着重要的警示意义。

围绕风险点，李卿特意确定了几个专题，如"新发射工位"就是其中一个新问题。2006年底，西昌卫星发射中心3号塔架改造完毕。虽然执行发射任务的"长3甲"对这个"起点"已驾轻就熟，但"风云-2"号卫星还是首次和改造后的3号塔架亲密接触。

发射工位更换后，要进行一次对接试验。这原本定于2008年上半年完成，但由于发生了汶川大地震，对接试验被迫推迟到进场后进行。铺设12根150米长的电缆、对接试验、星塔合练等工作在副总指挥李海生、副总设计师曹亮的指挥带领下，进行得很顺利。但是，李卿一直密切关注着各项工作，直到发射成功。

为了保证"风云-2"号的发射成功，发射队为队员们建立了表格。"这些表格中，有111份是操作性表格，细致到每个螺钉、接头，有211份是确认性表格，防止操作不到位。这对全体试验队员都很重要，尤其是新队员。"徐博明在解释完表格的内容后，不忘补充道，"表格不是万能的，工程经验十分重要。因此，只要老专家们身体允许，我们一定把他们请来进行技术把关。"

卫星队伍为"风云-2"号积累了5颗星的技术表格，这将是未来气象卫星发射的一笔宝贵的财富。2007年，按照集团公司"型号队伍要建立技术保证链"的要求，研制队伍整理出322份表格，作为E星重要的技术基础文件。

"风云-2E"号星研制团队是一个大协作的集体。卫星任务由八院抓总，协作单位有四院、五院、航天时代公司和中国科学院、中国电子科技集团公司等十多家。

这些成员单位虽然分布在上海、北京、西安等地，但在研制工作上却保持了高度的一致性。首先，工作有各项制度作为保障，尤其是产品的质量控制。其次，总体与各单位之间不断加强沟通、协调与联系，促进各分系统之间的合作，提高了透明度。

说到透明度，李卿感触很深，他说："A、B星研制中有一个很大的教训，就是分系统和总体之间不透明，

'黑匣子'交付。在协作单位众多的情况下，大家出于对自身知识产权的保护，对总体有戒备心理。"

此后，卫星研制人员进行了集体反思。此时，总体和分系统是完全透明开放的。一个典型的例子就是，过去，作为总设计师的李卿想看一看分系统的技术文件，可能会遇到这样的或那样的障碍。此时，不等他提出，分系统便主动呈了上来。

在"风云-2"号卫星研制队伍中，有很多感人的事迹：有怀孕挺着大肚子一直干活儿到卫星出厂的女工，有连夜试验只为查出问题的年轻主任设计师，有身先士卒、亲自把关的中科院老院士……

各研制单位以及用户之间友好、信任、透明的关系，带来的结果就是配合很默契。这也是"风云-2"号卫星能够成为"名牌星"并获得2007年度国家科技进步奖一等奖的关键因素之一。

四、再攀高峰

- 高火山时常对人说:"只要能为祖国的航天事业多做工作,多发射几颗长寿命、高可靠卫星,我就是拼了命也值得。"

- 晚上,唐祖贵给站领导发了条短信说:"天灾没有办法,我以试验任务为重,你们不用做我的思想工作,我能想得开。"

- 专家形象地说:"打个比方,'风云-1D'号呈现出的是黑白画面,而'风云-3'号呈现的画面不仅是彩色的,还是立体的。"

研制"风云-3"号卫星

2000年，我国新一代气象卫星"风云-3"号上马，高火山开始担任"风云-3"号卫星总指挥。

"风云-3"号卫星是当时我国对地观测卫星中装载有效载荷最多的一颗卫星，卫星精度要求高，技术复杂，研制工作困难重重。

高火山毫不畏惧，以"一生钟爱'风云'卫星，不达目标誓不罢休"的决心，率领"风云-3"号卫星研制人员豪情满怀地向又一颗卫星发起进攻。

高火山曾参加了"风云-1"号卫星测控系统的总体设计与试验，并出色地完成了这个项目。

1998年，"风云-1"号A星、B星没有达到设计寿命而遇到挫折。

面对挫折，面对国内外的压力，卫星行政总指挥高火山要求研制人员知难而进。

高火山冷静而理性地分析说：

"风云-1"号卫星填补了国内空白，属于高科技领域，在它取得成功的同时，也伴随着较高的风险。

失利在科技领域并不罕见，重要的是如何

从失利中吸取教训，使自己变得聪明起来，从而获得成功。

高火山和同事们围绕设计、生产、质量控制等方面进行了全面反思，采取了一系列保证卫星质量的措施，并逐项予以落实。

在研制"风云－1C"号星时，科技人员憋足劲儿，一心想打翻身仗。

高火山当时作为院主管卫星型号的科研三部副部长，不仅要协助型号两总提高设计质量、把住源头关，而且要针对型号管理中存在的问题和现象，敦促有关方面制定规范，消除管理隐患。

高火山经常深入厂所，协助分析问题、查找原因，认真整改。

在"风云－1C"号星临出厂前的一段日子里，他常常工作到午夜才想起回家。

长时间的超负荷工作，感到体力严重透支的高火山饭吃不下去，觉也睡不香。累了，他就买来西洋参含片，放入口中强提精神，坚持工作。

卫星终于出厂了，稍松口气的他又跟随"风云－1C"号星试验队赶赴发射场，执行发射任务。

试验队出发前，高火山发现自己咽部时常有异物感，咳不出，咽不下，他简单地吃点药，就踏上了去发射场的专列。

没想到，一天后，高火山咽部灼热、发痒、刺痛，并时有声音嘶哑。他用足气力讲话但声音却很轻，而且吞咽困难。

在专列上开会时，高火山把自己讲话的声音调节到最高，尽量使声音洪亮，以便让坐在最后排的队员都能听到。

到了发射场后，高火山克服咽炎病痛指挥队员们做发射前的准备工作。领导劝他去医院治病，他顾不上，一心扑在工作岗位上。

在卫星即将发射的前夕，高火山急性咽炎发展成了慢性咽炎，光吃药打针已不起作用了。圆满完成发射任务后，高火山欣喜若狂。

回到上海后，医生告诉他，急性咽炎如不及时治疗，很快就会发展成为慢性咽炎，还会以此为突破口，损坏声带，引起其他呼吸器官发炎，甚至爆发全身疾病。

针对高火山慢性咽炎的严重程度，多家医院的医生不约而同地开出了长病假单子，建议他少讲话，卧床修养几个月。

可积劳成疾的高火山哪有时间休息，他还要负责"风云–1D"号星及后续任务的工作。

高火山为治疗慢性咽炎前后花去两万多元，但始终无法根治，直到现在，他讲话时间稍长一些，咽部就会干痒，并引起干咳。

高火山时常对人说：

> 只要能为祖国的航天事业多做工作，多发射几颗长寿命、高可靠卫星，我就是拼了命也值得。

2000年，高火山担任了"风云-3"号卫星总指挥。开始了中国新一代气象卫星的研制工作。

由于我国电子工业基础薄弱，较长时期以来，我国部分电子元器件产品的质量始终存在着这样那样的缺陷。而卫星使用的元器件，其质量要求极其苛刻。

为确保卫星长寿命、高可靠，必须首先确保元器件的高质量。

"风云-1"号A星、B星升空不久相继"夭折"，深深刺痛了科技人员的心。

他们在当时的卫星总指挥项家桢、总设计师孟执中带领下，从"风云-1C"号星开始，始终把提高卫星产品的质量和可靠性与性能指标放在同等重要的位置，在元器件选择、单机应力筛选、环境试验、高温老练试验等方面采取了一系列强有力的措施。

他们剔除元器件中的早期失效产品，提前暴露产品存在的薄弱环节和质量隐患，及时采取有效措施，提高卫星产品的可靠性。

尤其是在"风云-1C"号星上首次提出了卫星出厂前进行整星通电老练试验的概念，为以后其他卫星研制提供了很好的借鉴。

高火山自从接任"风云"卫星总指挥后，不仅继承和发扬了前辈良好的工作作风，而且十分注重元器件质量管理，以此作为突破口，全面提升卫星型号质量管理水平，使卫星元器件等产品质量在原有基础上大为提高。

高火山和科技人员一起，在"风云－1"号卫星研制过程中始终以长寿命、高可靠为目标，设计中充分分析影响卫星可靠性的各种因素，找出薄弱环节，采取各种可靠性设计手段，有效地提高星上各系统和单机的可靠性。

其中，重点是提高接口的可靠性，消除关键部位的单点失效故障。

为此，科技人员对元器件质量、防环境污染、抗空间粒子辐照效应、电磁兼容性等采取了一系列技术措施，并进行充分的地面验证和可靠性增长试验，从而提高了卫星的寿命和可靠性。

"风云－1"号卫星首次实行的卫星出厂前一个月进行整星通电老练试验，对提高卫星质量、不带问题出厂起到了重要作用。

"风云－1C"号星在整星老练试验的第一个星期，就暴露出了两个质量问题，如不及时排除，卫星上天后就不能正常工作。

高火山他们及时提出了应对措施，并按"双五条"要求进行归零，终于排除了故障，确保了卫星的可靠性。

高火山十分注重发挥老科技人员的聪明才智。

前几年,上海航天技术研究院某研究所一位从事元器件专职工作几十年的老专家退休了,高火山慧眼识宝,聘请他为"风云-3"号卫星元器件质量管理员,协助处理元器件质量问题,把好元器件质量关。

这在当时八院多个卫星型号中是没有过的。这位老专家兢兢业业地工作,做到了守土有责,为提高"风云-3"号卫星研制质量作出了贡献。

与高火山一起工作的科技人员说:"高火山工作风格有'三实',即朴实、务实、扎实。"

高火山讲话从不转弯抹角,直截了当地讲出问题的实质,看似不给人面子,其实是帮助人家找准问题,早点解决问题,并且确保以后不出类似差错。

高火山平均每周至少有4天以上时间是在研制现场度过的。50多岁的人了,干起工作来不分白天和黑夜,真有一股子拼命三郎的精神,许多年轻人都难以跟上他的工作节奏,也难以承受他那样的工作强度和压力。

作为"风云-3"号卫星总指挥,高火山从不以专家和领导自居,处处谦虚谨慎,平等待人。他把自己置身于科技人员之中,不时地从科技人员中汲取营养。

他总是说:"一个人的知识和能力是有限的,在第一线工作的科技人员比我更有发言权。"

他非常注重深入基层、深入研制第一线了解情况,掌握动态,发扬民主,耐心听取各方面的意见和建议。

高火山遇到不懂的问题,总会谦虚地向别人请教。别人向他请教问题,他总是耐心地予以解答。人们有问题愿意向他请教,有话也愿意同他说。

"风云-3"号项目办编制了型号管理与质量控制等文件,当文件草稿送给高火山审阅时,他戴上眼镜,逐字逐句地仔细阅读,还不时地找有关人员共同探讨,在草稿空白处认真修改,填上具体的修改意见。项目办人员没有想到,高火山修改的文字竟然比草稿本身文字还要多。

高火山对青年人更是倾注了老科技人员的拳拳之心。个别青年骨干由于收入偏低等问题,准备跳槽,外出谋就高薪工作。

高火山获悉后,心急如焚。因为他知道,这些青年都是型号研制的主力,如离职势必给"风云-3"号卫星的研制工作带来许多困难和影响。

高火山找他们一一谈心,了解情况,并开导他们说:能参与国内当时技术创新最为集中的风云系列卫星的研制,本身就是一次难得的机遇,为这颗卫星作出青年人的贡献,更是一生中值得自豪的事。航天人的成就感、自豪感是其他行业所不能比拟的。

高火山还找到他们所在部门的领导,如实反映这些年轻人的想法和后顾之忧,并协助解决他们的实际问题,稳定了队伍,保证了型号任务的顺利进行。

高火山还注重提高青年科技人员的专业素质,只要有合适的机会，他总会提供条件，让青年人多学习知识，多掌握技术本领。"风云－3"号项目办有一名青年调度是从其他部门调过来的，工作热情很高，但缺乏系统管理培训。

在任务繁忙的情况下，高火山通过合理安排，选派他到北京参加了为期1个月的项目管理师培训。这名青年调度不负厚望，认真学习，勤于思考，顺利地拿到了结业证书。

后来，在高火山的关照下，他还参加了国防科技工业项目管理高级论坛研讨会，通过学习交流，获益匪浅。

高火山尊重科技人员，他把孟执中总设计师视为自己的良师益友，工作中经常与他交换意见，听取技术见解。

早在"风云－1"号卫星研制初期，孟执中与原先的总指挥项家桢就形成了"黄金搭档"。

后来项家桢因病不幸去世，高火山临危受命，走马上任，担任"风云－1D"号星总指挥。

孟执中说，由于高火山是从卫星总体所的技术员一步步走上卫星型号总指挥岗位的，他对基层单位的基础质量管理、计划落实的瓶颈等问题比较了解，甚至比这些岗位的具体工作人员还要了解得多、了解得深，因而容易从技术、质量、进度、经费等方面找准薄弱环节，抓问题能抓到关键，解决问题能出高招。

经过几年的搭档，孟执中高兴地说：

高火山工作主动性很强，工作安排有条有理，考虑问题周到细致，是一名称职的卫星总指挥。

在研制"风云－3"号卫星的几年中，高火山与全体科技人员一起，攻克了一个又一个关键技术难题。2002年底，完成了"风云－3"号卫星方案的研制；2005年11月，完成了"风云－3"号卫星初样研制；2005年12月，"风云－3"号卫星顺利转入正样研制。

就这样，在高火山的带领下，中国的"风云－3"号卫星日渐成形，它离发射场也越来越近了。

积极准备发射"风云-3"号

2008年5月12日14时28分,在太原发射中心,正和同事一起执行"风云-3"号任务第一次火箭推进剂加注演练的加注手田华,突然感觉全世界都在晃动,很少有地震体验的他还以为自己感觉出了问题,再加上任务演练十分紧张,不敢有丝毫马虎,所以他并没有多想。

傍晚,完成演练任务回到宿舍,田华打开电视准时收看新闻联播,第一条新闻就让他惊呆了。

地震,大地震,竟然就发生在自己老家!他顾不得多想,赶紧给家里打电话,却打不通。

然后他又挨个给亲朋好友打,还是不通,田华迅速向上级报告。

这时基地的大部分工作人员都在看电视,望着电视画面中山崩地裂、楼房塌陷、众生悲鸣的惨不忍睹的场景,许多人整夜未眠。他们像田华一样不停地给家里拨电话,可情况都是不通。

音信阻隔的背后,是他们对家人生死未卜的揪心、忧心与担心!

情况很快汇集。和田华一样家住地震灾区的参试人员,太原卫星发射中心共有173人。

几天后收集的情况表明,这173人家中房屋在地震中都有不同程度的损坏，处于重灾区的有 27 人，其中有 4 人与家人失去联络。

与此同时，另一份报告也呈到了中心领导案头，173 名家中受灾人员中，有 147 人定位在发射任务一线，其中 59 人是重要、特殊岗位。

面对突如其来的地震灾害，这 173 名发射人员左右为难，一方面家乡遭受地震灾害，家人生死未卜，急需回家探望；另一方面"风云-3"号任务箭在弦上，更需坚守岗位。两难面前，如何抉择。

中心党委更是非常着急，"风云-3"号发射任务当前，必须尽快稳定人心，确保发射不受影响。

然而灾情确实严重，并且直接关系到众多发射人员的家庭。因此必须尽快拿出有效措施，帮扶家中受灾人员，全力支援灾区。竭尽所能，支援受灾人员，支援抗震救灾，给受灾人员提供坚强的精神依托、心理依靠和物质支撑。

最后中心党委召开紧急会议，作出决定，各单位迅疾开通"灾情专线"，向灾区政府了解地震灾害情况，为家庭受灾人员提供灾情通报，防止因信息不畅导致他们担心和焦虑。

各级骨干与家庭受灾人员结成"对子"，通过谈心、聊天等方式"一对一"地做好思想工作。

爱心捐款活动迅速展开。一天不到，中心就收到了现金 130 多万元。

随后，中心广大党员还掀起交纳"特殊党费"的热潮，共交纳钱款 386 万余元。

在用好上级下拨救助金的同时，有的单位还自筹资金对家中受灾人员进行了补贴。

同时，中心还组织医疗队奔赴灾区，用心灵抚慰伤残者的心灵，用生命营救危难者的生命，用实际行动给灾区以支持和帮助。

中心还充分运用各新闻媒体关于抗震救灾的新闻报道开展教育，让大家深切感受党的坚强领导、社会各界的大力支持，人民军队和灾区人民的奋力拼搏，进一步增强了战胜灾难、重建家园的信心和决心。

地震无情人有情，大灾之中显大爱。

在此次地震灾害中，房屋倒塌、父母被埋 4 天后才被救起的光缆专业负责人唐祖贵动情地说：

> 我一定牢记党和人民的恩情，用干好本职的实际行动为抗震救灾贡献自己的力量。

唐祖贵，是闻名全国的四川北川县曲山镇大水村支部书记唐祖华的弟弟，在地震中失去了 20 多位亲人，父母埋在泥石流下 4 天后才被救起。他的哥哥带领全村人抗震救灾感动了全国人民，他本人在灾祸面前，仍坚守岗位，感动了所有参试人员。

唐祖贵说：

听到地震后，我第一反应是想知道家里情况，连续给家里打电话，但一直打不通，心里七上八下的，坐也不是，站也不是……

晚上，接到我哥电话说，咱爸妈可能不在了。我还没讲啥，电话就断了。脑子一片空白，眼泪流了下来，一宿没有睡着……

但是第二天，一宿没睡的唐祖贵两眼布满血丝，按时到岗查线，领导和同事都来安慰他。

晚上，唐祖贵给站领导发了条短信说：

天灾没有办法，我以试验任务为重，你们不用做我的思想工作，我能想得开。

一天深夜，光端设备告警显示，某机房地下室光缆接口出现故障。

唐祖贵接到通知后，二话没说，立即赶赴现场。虽是初夏，但晋西北高原依然冷气逼人，阴冷潮湿的地下室温度都在零下5摄氏度左右，冻得人瑟瑟发抖，加之空间狭小，气味难闻，排障操作十分困难。

唐祖贵带领骨干连续奋战3个小时，才将故障彻底排除。

他说："其实，一到工作现场后，我就把一切烦恼丢开了。对父母亲揪心的挂念也就稍稍轻松了一些。"

后来天遂人愿，他的父母被解放军从泥石流下救出来了。

唐祖贵高兴地给站领导打电话说，他一定安心工作，坚决完成好任务。

另一位家中受灾人员说，虽然正遭受着一场严重的特大地震灾害，但中华民族是压不垮的民族。这次非常时期的卫星照常发射和成功发射，就充分显示出中国人战胜困难的坚强意志和决心。

他相信有政府的坚强领导和全国人民的大力支援，家乡的抗震救灾一定会取得最终胜利。

173名家中受灾人员也都很快走出了地震阴霾，他们为不影响这次重要的卫星发射任务，全部选择坚守本职岗位，全身心投入到卫星发射的各项准备工作中。

他们与同事们一道精心做好本职工作，使测试火箭、卫星的数万项技术指标全部符合发射要求，所有岗位和专业全部实现零故障、零隐患、零差错，为这次卫星发射成功作出了重要贡献。

他们在危难面前表现出了一种顾全大局、忍辱负重、坚定如钢的优秀品质。

中心广大科技人员和勤务保障人员坚持弘扬抗震救灾精神，集智聚力、众志成城，以夺取卫星发射任务全胜的优异成绩支援灾区。

"风云-3"号气象卫星发射需要火箭研制单位、卫星研制单位、气象用户和中心等"四方"合作，涉及发射、测控、通信、气象、勤务保障等五大系统的2000多个专业和岗位。

按照卫星任务的"竞争上岗"程序，各岗位各专业立足发射实战，从严、从难抓好针对性训练和发射任务战前考核，确保参试人员的定岗质量。

按照卫星发射技术与管理问题"双归零"标准，各专业人员反复进行岗位自查、专业互查，坚持做到不漏测一个数据、不忽略一个疑点、不放过一个隐患。

5月的发射场天气多变，供电安全存在诸多隐患。供电专业负责人梁建忠带领20多名骨干，连续10天奋战在巡线一线，对30余条供电线路进行全面检查，确保供电线路畅通无阻。

按照各单位、各系统、各专业"无缝对接"的要求，中心上下携手同力，先后7次进行联试联调，把所有问题和隐患都解决在卫星进入临射状态之前。

5月25日，组织各参试单位进行第一次模拟发射，中心所有岗位和专业全部实现零故障、零隐患、零差错，达到了"随时下达命令，当即便可发射"的要求。

面对地震，临危不惧，基地发射人员真正做到了处变不惊，他们期待着"风云－3"号的早日升天。

成功发射"风云-3"号卫星

2008年5月27日上午，黄土高原上的太原卫星发射中心，天气并不好，阴沉沉的，空中扬起的一层黄色沙尘笼罩着紧张忙碌却井然有序的发射场，不时有几只喜鹊叽叽喳喳地从头顶上飞过。

沐浴着透过沙尘的淡黄色阳光，"风云-3"号气象卫星及其运载火箭"长征-4丙"号星箭组合体高高耸立在晋西北高原的巍巍塔架上，倚天而立，蓄势待发。

"风云-3"号卫星装有十余种具有国际先进水平的探测仪器，可在全球范围内实施探测，在"风云-1"号基础上实现了质的提高，并创造了诸多第一：

星载有效载荷数量第一。它采用新型卫星平台，装载着11台高性能的有效载荷探测仪器，在国内卫星上是首次。

单机活动部件数量第一。它的20台单机有活动部件35个，是国内卫星活动部件最多的。

气象卫星观测功能第一。它的遥感仪器观测谱段从真空紫外线、紫外线、可见光线、红外线一直到微波频段样样齐全，既有光学遥感，又有微波遥感，能实现全天候、全天时、多光谱、三维、定量探测，与欧美新一代气象卫星处于同一发展水平。

专家形象地说：

　　打个比方，"风云-1D"号呈现出的是黑白画面，而"风云-3"号呈现的画面不仅是彩色的，还是立体的。

"风云-3"号卫星代表了当时世界气象卫星的最高水平的发展趋势。

"风云-3"号卫星与当时在轨运行的静止气象卫星"风云-2"号C星及D星一起，为北京奥运会提供了精准的气象服务。

虽说天气不好，但太原卫星发射中心已做了充分准备，所以这根本影响不了发射。

　　一分钟准备……
　　20秒……
　　5、4、3、2、1！
　　点火！起飞！

5月27日11时2分，随着发射场零号指挥员一声令下，那枚粗壮、结实、雄伟的火箭底部喷出巨大的橘红色火焰，在轰隆隆巨响声中托举着卫星扶摇直上九霄……

星箭点火升空约 19 分钟后，西安卫星测控中心传来数据表明，"风云－3"号气象卫星已成功进入太空预定太阳同步轨道。

进入预定轨道后，卫星将每天对全球扫描两次，扫描宽度为 2900 公里，无论白天黑夜，都能对地面上空 30 多公里的范围形成立体彩色图像，气象预报的精细化和准确度极高。不仅为北京奥运会提供精细化气象服务，还将使中国的中期数字化气象预报成为可能。

这是一次特殊的卫星发射，因为时值中国举国开展抗震救灾的非常时期。

这又是一次极其重要的航天发射，中国首颗新一代极轨气象卫星就要从这里升空。它将为北京奥运会提供更加准确的天气预报服务，还要为中国今后抗灾救灾、防灾减灾提供更强的综合对地观测能力。

非常时期的发射任务获得成功，太原卫星发射中心参与卫星发射的科研与勤务保障人员虽不像以往欢呼雀跃，但激动之情溢于言表。

他们纷纷表示，在全国上下全民动员开展抗震救灾的非常时期，太原卫星发射中心化悲痛为力量，确保卫星照常发射、成功发射，这也是以实际行动支援抗震救灾，安慰地震灾区同胞，鼓舞全国人民。

2008 年是中国的灾难之年，南方雨雪冰冻灾害天气刚过，汶川大地震又至，给灾区人民群众带来重大财产损失、人员伤亡和无尽的伤痛。

被誉为"争气"星、"鼓劲"星、"奥运"星的"风云-3"号气象卫星的成功发射。

发射人员的辛勤劳动，终于取得了最好的回报，太阳照样升起，卫星照常升空。非常时期的中国选择坚强，没有放慢探索太空、科技强国的脚步，依然一路前行。

"风云-3"号为中国气象事业作出贡献

2009年5月、6月,我国开始缓慢进入热带气旋的多发季。但当时的气象预报人员比往年有了更足的底气。

中科院空间中心微波遥感及航天应用工程科学专家姜景山院士说:"现在我们坐在屋里就能清楚地'看见'台风的形成和走向了。"

2008年的5月27日和6月4日,都是值得纪念的日子。

2008年5月27日,我国首颗新一代极轨气象卫星"风云-3"号在太原卫星发射中心成功发射。

8天后,星载微波湿度计等开机工作,开始正常运行。气象卫星本身是一个载体,具体执行探测任务的是载荷。微波湿度计就是"风云-3"号卫星的主载荷之一。

姜景山说:

> 这是我国首台用于气象卫星探测大气湿度垂直分布的高频率毫米波辐射计,也是我国新一代极轨气象卫星的亮点。

由于以前国内短毫米波的一些关键技术没有解决,

国内对于毫米波、短毫米波集成设备的研制一直处于比较低的水平，因此星载有效载荷的频率一直在低毫米波段以下，灵敏度较低。

而要想对复杂的天气一探究竟，就需要高频率的毫米波辐射计。

第一个"吃螃蟹"的人是需要勇气的。在2000年"风云－3"号卫星立项时，国内相关专家对接近亚毫米波的高频率辐射计并无信心，因此将微波辐射计的最高频率定在50吉赫到60吉赫的大气温度探测频段上。

但由于我国是一个台风、暴雨灾害频发的国家，每年人财物损失巨大，要想提高灾害探测预报能力，仅有微波温度计是远远不够的，对微波湿度计的需求迫在眉睫。姜景山说：

> 183吉赫的微波湿度计与国际水平接轨，将使"风云－3"号卫星的探测能力发生质的变化，提高我国在国际气象卫星组织的话语权。

话虽然好说，可做起来连专家们心里也不是很有底。虽然说"神舟四号"飞船已成功搭载了微波辐射计，但毕竟"风云－3"号对微波湿度计的频段要求比微波辐射计高得多，技术难度也更大。

后来，在国家"863"项目以及中科院相关项目的支持下，姜景山带领中科院空间中心的研究人员制作出了高频段微波湿度计的两台样机。

这一消息立即得到了国家气象局等有关单位的重视，并决定尝试在"风云–3"号卫星上安装高频段微波湿度计。

2003年1月18日，空间中心的方案设计通过了项目评审。2004年4月20日，初样设计评审。

2005年5月17日，转正样评审。2005年10月28日，正样设计通过评审。

虽然样机在实验室连续运转了几年没有出现问题，但项目组研究人员一点也没有放松紧绷了5年的神经，毕竟上天的仪器和地面运行的仪器有很大的差异。

除了在地面进行了多次电测、力学、热循环、真空试验等一系列试验外，2007年9月21日至24日，项目组在青海湖进行了首次航空校飞试验。

此后的两个月间，又在敦煌和思茅进行了多架次的校飞试验。

眼看一切准备就绪，意想不到的事情发生了。2008年年初，研究人员需要将仪器送到上海进行相关试验。

当时我国南方正遭遇雪灾，运载仪器的车辆走到山东境内时，因为路滑遭遇车祸，仪器遭到损坏，随行的科研人员也受了伤。

没办法！只有从头再来！经过全体项目组人员的努力，微波湿度计按时交付。

2008年5月27日11时2分33秒，"风云–3"号卫星在太原卫星发射基地顺利升空。

但直到6月4日仪器开机一分钟后接收到遥测数据，显示仪器工作正常后，姜景山和项目组人员才稍稍松了口气。

"风云-3"号不负厚望，2008年7月下旬的第八号强台风"凤凰"、9月8日凌晨的第十三号热带气旋"森拉克"、9月24日早晨的强台风"黑格比"、9月24日晚的台风"蔷薇"，都能够通过微波湿度计图像清晰地看到它们的分布、形成及走势，从而为准确预报提供了可靠的数据，为减少灾害损失立下了汗马功劳。

本书主要参考资料

《飞上九重天》冯春萍编 中国宇航出版社

《"风云二号"起风云》郑宪编《解放日报》

《微波探测引领气象探测新时代》祝魏玮 李玉俐编《科学时报》

《忆"风云一号"气象卫星》任新民编《瞭望》

《天街明灯：中国卫星飞船传奇故事》中国空间技术研究院编 中国宇航出版社

《太空救"星"——西安卫星测控中心抢修故障卫星纪实》刘冰 刘程编《解放军报》

《卫星顺利进入近圆形太阳同步轨道仪器工作正常》许志敏编《人民日报》

《我国风云气象卫星及其应用的回顾与展望》杨军编《航天器工程》

《长征四号乙火箭总师、总指挥——追求为梦圆》陈伟霞编《中国航天报》

《让风云不再难测——我国首颗气象卫星风云一号A星诞生记》胡亚 冉瑞奎 付芳芳编《中国气象报》

《风云二号系列气象卫星研制团队前行的足迹》索阿娣编《中国航天报》

《长三甲火箭、风云二号卫星发射纪实》许斌 承经中 姚红莲 胡新民 高晓临编《中国航天报》